분홍 꽃이 분

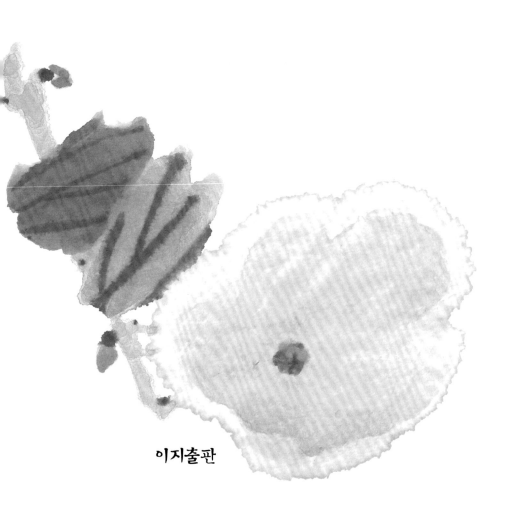

이지출판

분홍
꽃이불

▶ 김미옥 수필집

책을 펴내며

문득 돌아보니 첫 수필집을 낸 지 어느새 십 년도 더 지났습니다. 얼마나 게으른 사람인지 드러나고 마네요. 특별히 미루거나 서두를 생각이 없었으니 이게 내 리듬인지도 모르겠습니다.

아이들이 손을 벗어나자 글공부를 시작했는데 그동안 강산이 두 번 바뀌었네요. 무딘 감성에다 부지런하지도 못하고 보니 아직도 내놓을 만한 결실이 없어 민망합니다. 하지만 여전히 공부하는 즐거움을 누릴 수 있고, 언제든 마음 펼칠 수 있는 공간이 있다는 것으로 족합니다.

삶이란 끝없는 배움의 길이기에 좋은 스승을 만나고 마음 통하는 글벗들과 함께하는 날들이 소중하기만 합니다. 그날이 그날 같아 보이는 중에도 마음에 잔잔한 기쁨의 물결이 일렁이고 있다면 눈길 멀리 두고 앞만 보고 가야겠지요.

지천명을 지나 이순의 고개를 넘는 동안 여러 변화가 있었습니다. 그동안 아이 셋 모두 결혼 시키고, 가족도 부쩍 늘었습니다. 귀염둥이들에게 마음을 빼앗겨 글밭을 가꿀 시간이 줄어들었지만 새순 같은 아기들과 함께하는 행복을 어디다 비할 수 있겠습니까. 큰 어려움 없이 생의 여름을 지나온 것에 새삼 고마운 마음도 듭니다.

오래 잠자던 글들을 함께 엮었습니다. 묵혀 둔 글들에 대한 미안함을 털어내고 가벼워지고 싶다는 고백도 해야겠습니다. 비록 문학적 향기는 약할지라도 '내 얘기 내가 하면 그만'이라던 어느 선생님의 말씀에 기대 용기를 내어 봅니다. 소박하고 진솔한 내 삶의 발자국으로 의미 부여를 하며 자신을 돌아보는 시간이기도 합니다.

일상 속 소소한 무늬들이 모여 삶을 풍성하고 아름답게 한다던가요. 아기들 웃음소리가 꽃밭을 이루고, 꽃밭 스친 바람이 고개를 넘으면 계절도 점점 깊어질 것입니다. 뜨거운 햇살, 쏟아지는 비가 알곡을 키우듯이 느린 걸음일지라도 멈추지 않고 착실히 가다 보면 언젠가 빛 고운 과실 하나쯤 얻을 수 있지 않을까요.

사람들 가슴을 촉촉하게 적실 향기로운 글 한 편 꿈으로 품고 산다면 늘 기대로 새로운 날들이 열릴 것 같습니다. 내 리듬을 따라 천천히 익어가고 싶습니다.

그동안 곁에서 묵묵히 응원해 준 가족과 서로 다독이고 격려하며 함께 걸어가는 글벗들에게 고마움을 전합니다.

2017년 가을

김 미 옥

분홍 꽃이불 _ 차례

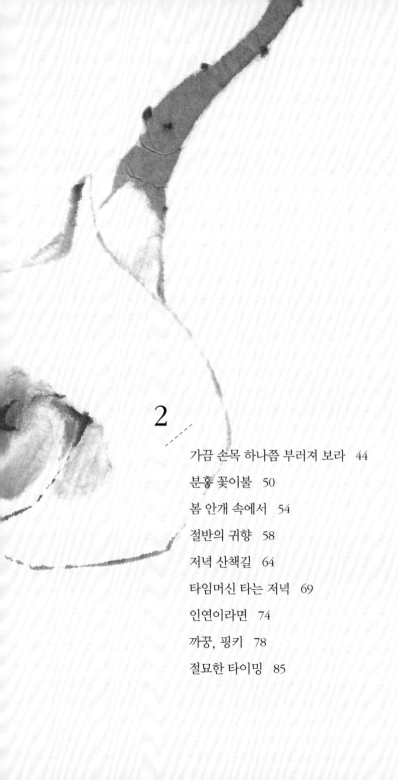

2

3

4

5

1

통쾌한 카운트 펀치

햇살 좋은 어느 봄날이었다. 시골집에 가려고 시외 버스를 탔다. 출발 십여 분 전, 승객은 서너 사람 뿐이었다.

잠시 후 내 자리 건너편 한 칸 앞자리에 여자 손님이 탔다. 적당히 부풀린 머리에 리본 핀, 반짝이 부츠로 한껏 멋을 낸 오십 대 초반 미시족 차림이었다. 곧이어 그 바로 앞자리에 남자 손님이 탔다. 사십 대 중반쯤 되었을까. 보통보다 작은 키에 납작하고 각진 얼굴, 윤기 없이 거무튀튀한 피부와 시커멓게 큰 눈, 비쩍 마른 몸에 검은색 점퍼를 입은 남자는 신경과 병실에서나 마주칠 법한 모습이었다.

남자는 앉자마자 의자 등받이를 뒤로 사정없이 젖혔다. 그러고는 바로 등을 대고 누웠다. 여자는 코앞까지 넘어 온 등받이에

다 대고 뭐라 구시렁거렸지만 남자는 꿈쩍도 하지 않았다. 참다 못한 여자가 드디어 입을 열었다.

"아저씨, 등받이 좀 세워 주세요. 너무 불편해요."

"……."

"아저씨, 등받이 조금만 세워 달라구요."

"거참, 시끄러워. 이 여자야!"

차 안 공기가 갑자기 얼어붙었다. 여자는 말문이 막힌 듯 잠시 주춤했다. 그러나 여자도 만만히 물러날 기세는 아니었다.

"뒷사람 생각도 해야지, 아저씨 혼자만 편하면 다예요?"

"내 자리 내 맘대로 하는데 당신이 무슨 상관이야? 이게 무슨 당신 자가용이라도 되는 줄 알아?"

"그래도 정도가 있지, 너무하니까 그렇죠."

여자 목소리가 조금 위축되었다.

"그럴려면 자가용 타고 다니지 뭐 하러 버스를 타고 다녀? 그리고 이렇게 큰 자가용이 어딨어?"

남자는 말도 안 되는 소리를 했다. 순간 나는 여자를 거들고 싶어 몸을 일으켰다가 이내 다시 앉았다. 불똥이 내게 튈 게 너무 뻔했기 때문이었다. 다른 사람들도 그냥 지켜보고만 있었다. 한동안 터질 듯 팽팽한 긴장이 흘렀다.

결국 똥이 무서워서 피하느냐는 듯이 여자가 구시렁거리며 뒷

자리로 옮겨 갔다. 이제 끝나는가 싶었다. 그런데 확인 사살이라
도 하려는 듯이 남자가 몸을 반쯤 일으킨 채 돌아보며 여자의 등
에다 펀치를 날렸다.

"내 맘이야, 이 할매야!"

우리는 또 한 번 깜짝 놀랐다. 아니, 바짝 긴장했다. 잠시 적막
이 흘렀다. 여자가 벌건 얼굴로 다시 남자에게로 다가갔다. 사람
들 시선이 일제히 쏠렸다.

"그래, 잘 뻐드러져 가거라, 이 할배야!"

통쾌한 카운트 펀치! 차 안에는 웃음이 폭발했다. 막혔던 분수
가 터지듯. 남자도 멋쩍은지 피식 웃었다. 출발하는 차창에 봄볕
이 눈부시게 빛났다.

충무김밥 아지매

시장 입구 미용실 옆에 '충무김밥' 간판이 새로 달렸다. 문득 옛 친구를 만났을 때처럼 반가웠다.

내게 충무김밥은 비릿한 바다 냄새와 여객선의 기름 냄새 그리고 충무김밥 아지매들의 억척스런 삶이 함께 떠오르는 추억의 음식이다.

중고등학교 시절 여름방학이면 으레 부산으로 갔다. 화덕 앞에서 땀을 흘리며 밥하기도 쇠꼴 베기도, 엄마 따라 김매러 가기도 싫어 방학이 시작되면 이내 언니네로 달아나곤 했다. 갈 때는 저녁 배를 타지만 돌아올 때는 언제나 아침 배를 탔다. 부산항에서 아홉 시 무렵 출항한 배가 중간지점 충무항에 닿을 때쯤 점심시간이었다.

배가 들어올 시간이면 부두에는 양동이를 인 충무김밥 아줌마

들이 전투태세를 갖춘 전사처럼 대기하고 있었다. 예닐곱 명의
아줌마가 배가 나가오기를 기나리며 동동거리는 모습은 백 미터
달리기 출발선에 서 있는 선수들처럼 사뭇 긴장감이 느껴졌다.

배가 부두에 채 닿기도 전에 초를 다투어 건너뛰었다. 마치 거
미처럼 조르르 순식간에 위아래층으로 흩어졌다. 배가 정박하는
잠시 동안, 불꽃 튀는 경쟁은 예정되어 있었다. 부두에서는 동지
지만 배에 오르는 순간 숨 막히는 경쟁자였다. 한 사람이 돌고
나가면 이내 다른 사람이 밀고 들어왔다. 때로는 한 사람이 미처
나가기도 전에 급하게 뛰어들어 야릇한 분위기가 연출되기도 했
다. 누군가에게 김밥을 팔면서도 눈은 서치라이트처럼 계속 사
람들을 훑었다. 먹잇감을 찾는 독수리 눈빛이었다.

배가 잠시 정박하는 그 짧은 동안 선실은 아줌마들에 의해 접
수되곤 했다. 검은색 일복바지에 흰 저고리, 흰 머릿수건을 쓴
날렵한 일개미 같은 아줌마들. 긴장된 눈빛으로 돌아치는 걸음
에서는 바람이 일었다. 그 서슬에 길을 터주지 않을 수 없었다.

반들거리는 까만 김에 싸인 뽀얀 밥, 빨갛게 양념한 오징어무
침과 적당히 익은 무김치가 하얀 종이 위에 펼쳐지면 선실 가득
퍼지던 냄새. 애써 외면하려 해도 시장기는 어쩔 수 없었다. 그
러나 그리 많은 사람이 사지는 않았다. 옥수수나 빵으로 대충 허
기를 때우기 일쑤였다. 늦게 온 아줌마가 하나도 못 팔고 돌아설

때는 뒷모습에 괜히 마음이 쓰였다.

그러나 정작 나는 사본 적이 없다. 주머니에 용돈이 제법 들어 있었지만 한 번도 아줌마를 불러 보지 못했다. 혼자 먹을 용기도 없었지만 그보다는 무섭게 돌아치는 아줌마의 번득이는 눈과 마주칠 용기가 없었던 것 같다. 손 하나만 살짝 들어도 왈칵 달려왔을 텐데, 속으로 망설이기만 했을 뿐 끝내 손가락 하나도 들어 보지 못했다. 대신 뱃전으로 나가 부신 햇볕에 졸고 있는 한낮의 항구와 분주한 갈매기에게 눈을 파는 것으로 허기를 달랬다.

십여 분쯤 될까. 다시 출항 뱃고동이 울리면 아줌마들의 걸음은 더한층 빨라졌다. 발 어디쯤에 바퀴라도 달린 것 같았다. 그렇다고 곧바로 내려가는 경우는 결코 없었다. 저마다 눈에 불을 켜고 쫓기듯 달음박질걸음으로 끝까지 손님을 찾아다녔다. 나처럼 망설이던 사람이었을까.

"아지매, 여기요!"

꼭 그 순간에 부르는 사람이 있었다.

두 번째 고동이 길게 울렸다. 김밥 아지매들 어서 내리라는 경고 같았다. 곧바로 엔진소리와 함께 무지갯빛 기름띠 물이 소용돌이치고 배가 슬슬 움직이기 시작했다. 그래도 아직 미련을 떨치지 못하고 기웃거리며 종종걸음치는 아줌마. 미처 내리지 못하면 어쩌나. 그러다 물에 빠지지는 않을까. 지켜보는 내가 도리어 애가 탔다. 배가 부두와 몇 걸음 떨어지고 나서야 아쉬운 시선을 거두고 이미 벌어진 간격을 훌쩍 건너뛰었다. 속으로 조바심치던 나는 그제야 안도의 숨을 내쉬었다.

바다에 기대어 사는 사람들. 척박한 섬인 고향에서도 보지 못한 억척스런 충무 아줌마들이 매번 충격을 주었다. 세월이 한참 흐른 뒤에도 어디서든 충무김밥을 만날 때면 늘 그 아줌마들이 우르르 달려왔다.

밥 먹을 시간조차 없는 어부들에게 간편하게 먹으라고 싸 보낸 김밥이 쉬 쉬어 버려 반찬을 따로 싸기 시작했다는 충무김밥. 어부의 삶이 배어 있는 충무김밥의 유래다. 그러나 매콤하고 쫄깃한 오징어무침과 시원한 무김치의 조화로 지방에 관계없이 사랑받는 음식이 된 지 오래다. 그런데 나는 한동안 충무김밥을 잊고 있었다.

조만간 동네 김밥집에 가봐야겠다. 하얀 종이에 포장해 주는 충무김밥을 펼쳐놓고 다시 추억에 젖어 보고 싶다. 양동이를 이고 하늘다람쥐처럼 날아다니던 억척 아지매들은 지금 어떻게 살고 있을까. 지금도 충무항에 가면 그 김밥장수 아지매들을 만날 수 있을까.

분홍 꽃이불

내 부실한 성적표

저녁 무렵 작은 상자 하나가 배달되었다.

'이게 뭐지? 아무것도 주문한 적 없는데.'

아이들에게 물어봐도 모르는 일이라 했다. 포장을 벗기니 깔끔하고 멋진 상자가 들어 있었다. 궁금증이 더해졌다. 곁에 있던 딸아이도 눈빛을 반짝이며 빨리 열어 보라고 재촉했다. 상자를 열자 남색 벨벳 보석 케이스가 모습을 드러냈다. 목걸이였다. 대체 어떻게 된 걸까? 어리둥절해하는 사이, 아이가 예쁜 카드를 찾아냈다.

그동안 바쁘다는 핑계로 소홀히 해서 미안하오. 아이들과 여러 집안일 잘 챙겨 줘서 늘 고마움 느끼면서도 지금껏 마음뿐이었다오. 앞으로 좀 더 자상하고 다정한 남편이 되겠소. 당신을 사랑하는 남편이.

난 그만 웃음을 터뜨리고 말았다. 아무리 생각해도 믿기지 않는 일이라 자꾸만 터지는 웃음을 주체하지 못하는데, 아이가 놀렸다. 너무 좋아하는 것 아니냐고. 그 소리를 들어도 뭐라 대꾸할 말이 없었다. 죽었다 깨어나도 그럴 수 있는 사람이 못 된다며 아무래도 뭔가 이상하다고 우기고 싶었지만, 눈앞의 엄연한 사실에 도리어 나만 더 이상한 사람이 될 것 같았다.

혹시 무슨 기념할 일이나 축하할 일이라도 있는 것은 아닐까? 앞뒤로 거듭 생각해 봐도 아무것도 짚이는 게 없었다. 그럼 혹시 마음이 변하기라도 한 걸까? '사람이 갑자기 변하는 것은 별로 좋은 게 아니라 했는데….'

괜히 엉뚱한 생각이 고개를 들기도 했다. 어쩌면 그가 정말 이제 뭘 좀 깨달은 게 아닐까. 그토록 무심하게 오직 일과 자기밖에 모르던 사람이 뒤늦게 철이 들어 아내의 소중함을 새삼 느꼈다든지, 아니면 갱년기를 지나느라 힘든 아내를 위로하고 싶었다든지, 그것도 아니라면 자기 말 그대로 자상하고 다정한 사람이 되겠다는 각오가 선 것일지도 모를 일이었다. 아무튼 뭔가 새로운 변화의 징조임에 틀림없었다.

그런데 사람 마음이란 게 얼마나 변덕스러운지, 아니다 아니다 하면서도 막상 내 앞으로 온 게 확실해지자 이제는 물건이 보이기 시작하는 것이었다.

"아이고, 안목하고는. 글쎄 이게 뭐야 촌스럽게."

금색 체인에 멀건 연두색 펜던트가 왜 그렇게도 낯설던지. 우선 그 빈약한 체인부터 눈에 거슬려 전혀 끌리지 않았다. 이왕 하려거든 좀 제대로 할 것이지. 내 불평이 이어지자 아이가 또 한마디 했다. 선물 받는 자세가 안 되어 있다는 것이었다. 선물하는 마음이면 됐지 뭘 그러냐구. 아빠 역성을 들며 타박을 하는데도 저절로 도리질을 하게 되는 걸 어쩌랴.

주부에게 고무장갑 선물이 크게 감동을 주지 못하는 것처럼, '좋은 선물'이란 갖고는 싶지만 손쉽게 갖기 어려운 것을 높이 꼽는다. 그래서 여자들에겐 대체로 패물이 인기가 높지만 그것 역시 취향을 고려해야 한다면 그리 간단한 건 아니지 싶다.

오래전, 결혼 20주년 기념 때도 꼭 그랬다. 여행을 간 다음 날 아침, 가방을 여니 목걸이가 들어 있어 깜짝 놀라긴 했지만 마음에 들지 않아 속으로 꿍꿍댔던 기억이 났다. 선물을 받으면 우선 화들짝 반기며 감동해야 하는 것쯤 누군들 모르랴. 친구가 20주년 기념으로 받은 목걸이 자랑하던 얘기를 슬쩍 흘린 적이 있는데, 그걸 잊지 않고 기억해 준 그 마음이 고마워 그땐 꾹 삼키고 넘겼었다. 그런데 이번에는 그때 참았던 것까지 더해진 것인지 스스로 생각해도 좀 심한 반응이었다. 그나저나 이유라도 알아야 뭐라든 말든 할 게 아닌가.

연방 시계를 쳐다보며 퇴근하기만을 기다렸는데, 그날따라 연락도 없이 늦었다. 자정이 넘어 들어온 사람에게 옷을 받으며 상냥스레 물었다. 그런데 전혀 모르는 눈치였다. '어라? 그럼 괜히 혼자 넘겨짚고 그렇게 야단이었단 말인가.' 무슨 대단한 기대를 했던 것도 아니건만 스르르 맥이 빠졌다. 잠시 후, 화장실에 다녀온 그가 그제야 생각난 듯 대수롭잖게 말했다.

　"응, 그거 카드사에서 보냈는갑다."

　한순간, 탱탱하던 풍선에서 바람 빠지는 소리가 귓전을 울렸다. 그럼 그렇지. 당신이 웬일인가 했어. 잠깐이라도 기대했던 내가 어리석었던 거지. 적립 포인트를 사용하라는 전화에 그냥 아무거나 보내라 했단다. 아무거나. 굴러들어온 기회마저 활용할 줄 모르는, 재미라고는 눈을 씻고 봐도 찾을 수 없는 사람.

　혼자 방에 들어와 못내 허탈한 마음을 추슬러 보려는데 문득 떠오른 광고 카피 하나가 다시 나를 흔들었다.

　'남자는 여자 하기 나름이에요.'

　그렇다면 지금의 이 상황은 그대로 내 30년 세월의 성적표란 말인가. 한 치도 변화시키지 못한 적나라한 내 무능의 결과이니 누구 탓할 것도 없었다. 천칭에 올려도 전혀 기울지 않을 두 사람, 어쩔 수 없는 경상도 남자 그리고 경상도 여자. 그나저나 저 부실한 성적표를 목에 내걸고 다녀야 하나 말아야 하나, 그것이 문제로다.

분홍 꽃이불

마음 한번 열었다가

지난여름 어느 날이었다. 수원행궁에 갔다가 서울로 돌아오는 버스를 탔을 때였다. 우리 일행 말고는 서너 사람뿐인 좌석버스에는 말소리 하나 들리지 않았다. 빗방울이 듣기 시작하는 궂은 날씨 때문이었을까. 굳은 표정에 차 안은 눅눅하고 무거운 분위기가 감돌았다.

시내를 거의 벗어날 무렵, 빗물이 줄줄 흐르는 우산을 든 중년 아저씨가 탔다. 말끔하게 양복을 입은 아저씨가 내 바로 앞자리로 와 앉았다. 등을 붙이지 않고 의자 끝에 엉거주춤 앉은 모습이 뭔가 불편한 상황인 듯 보였다. 잔돈이 없어 곤란한 상황임을 통로 건너편 젊은 여인이 알아챈 모양이었다. 아저씨가 부탁하기도 전에 빵 먹던 손을 황급히 닦고 자청해서 천원 권으로 바꿔주었다. 아저씨는 몸을 숙여 진심으로 고마워하며 조심스레 천원 권 한 장을 도로 내밀었다. 젊은 여인은 있는 거라 그냥 바꿔 줬을 뿐이라며 한사코 손을 내저있으나 통로를 사이로 두 사람의 실랑이는 한동안 계속되었다.

그 장면을 지켜보던 우리 일행 누군가가 그 돈 그냥 자기에게 주면 안 되겠느냐고 해 침울하던 버스 안에 한바탕 웃음이 터졌다. 갑자기 확 풀어진 공기, 전과 달리 승객 모두는 서로 잘 아는 사람들인 양 흐뭇한 마음으로 빗길을 달렸다.

살다 보면 누구나 뜻하지 않은 상황을 만날 수 있다. 그럴 때 이웃의 작은 관심이 얼마나 가슴을 데우는지 새삼 말할 필요도 없다. 그러나 공연한 제사 지내고 어물 값에 졸린다고, 오지랖 넓게 손을 내밀었다가 낭패를 겪는 수도 없지 않으니 선의도 마음대로 베풀기 어려운 세상인 것 같다.

며칠 전의 일이다. 시내로 가는 전철 안은 한두 사람이 서 있을 정도로 한산했다. 전철이 서울역에 섰을 때였다. 잠시 뭔가 소란스러웠다. 경로석에 앉았던 할머니가 내리자, 경로석에 덩그렇게 놓인 가방을 발견한 사십 대 여인이 잽싸게 문 밖으로 내던지며 할머니를 부른 것이었다.

그런데 좀 이상했다. 분명 고마워해야 할 상황인데 어정쩡하게 가방을 주워 든 할머니의 어리둥절한 모습. 그러나 이미 문은 닫혔고 전철은 움직이고 있었다. 그 여인은 가방이 있던 자리에 앉아 눈을 감았고, 뭔가 찜찜한 사람들의 마음과는 상관없이 전철은 그대로 어둠 속으로 내달렸다.

얼마나 지났을까. 깡마른 오십 대 여자가 나타나더니 "내 가방!" 하는 게 아닌가. 그제야 할머니가 어리둥절해하던 의문이 풀렸다. 난감한 건 그 여자뿐이 아니었다. 가방을 던져 준 여인은 물론 함께 타고 있던 우리 모두가 난처해졌다. 사십 대 여인이 사정을 얘기하려고 했지만 깡마른 여자는 들으려 하지 않고 곧장 다그치기부터 했다.

"왜 줬어? 왜 줬어? 왜 줬냐고?"

아무리 그래도 일단 전후 사정을 들어는 봐야 할 텐데 숫제 막무가내로 덤볐다. 전철 가운데 서서 불에 덴 송아지마냥 마구 날뛰며 히스테리가 점점 심해지니 한마디씩 거들던 사람들도 어이없어 입을 다물어 버렸다. 기가 막힐 노릇이었다.

가방이라야 헝겊으로 된 허름한 시장 가방, 뭐 그리 대단한 게 들었을 성싶지는 않았다. 물론 아무리 하찮은 거라도 나름으로 소중한 것일 수는 있다. 하지만 가방만 달랑 놔두고 돌아다니는 걸로 보면 가랑잎에 불붙듯 그렇게 펄펄 뛸 정도의 보물 같지는 않은데 전철이 들썩거릴 정도로 온통 난리가 났다. 보는 것만으로도 답답하고 화가 치밀었다.

"그 여자 참 살도 안 찌게 생겼다."

옆자리 아저씨가 보다 못해 중얼거렸다. 손질도 제대로 안 된 머리에 시장 가방처럼 허름한 차림새. 그러나 성질머리는 보기 드물게 고약했다.

그나저나 이 일을 어쩌면 좋을까. 사십 대 여인이 여간 걱정되는 게 아니었다. 하지만 퉁퉁한 여인은 내 염려와는 달리 그다지 당황한 기색도 없이 의외로 침착했다. 어떻게든 자신이 책임지겠다며 달래려 애를 썼다.

그러는 사이 전철은 충무로역으로 들어섰고, 그 여인은 일단 내려서 해결해 주겠다며 여자를 데리고 내렸다. 한바탕 소동이 지나간 전철에는 안고 있던 불덩이를 내려놓은 듯 홀가분한 한편으로 씁쓸한 정적이 흘렀다. 좋은 일 하려다가 엉뚱하게 봉변을 당한 여인은 오늘 일진이 나빴다고 하면 될까. 누구라도 그 상황에서는 그랬을 것이다. 그 여인이 하필 그 시간에 그 문으로 탔던 게 잘못이라면 잘못일 뿐이었다.

길가에 사람이 쓰러져 있어도 그냥 지나친다는 요즘 세상에 선의를 행하고도 겪는 황당함을 보며 행여 사람들 마음 문이 더 닫히지나 않을지 염려스럽다. 아무리 날로 변해 가는 세상이라지만 그래도 은근한 불씨는 여전히 남아 있다고 믿고 싶은데, 이제 강마른 도시의 삶에서는 마음을 함부로 여는 것도 무리일 것 같으니 말이다.

봄 바다 나들이

4월 중순, 봄 바다가 보고 싶어 길을 나섰다. 서울에는 이미 한바탕 요란스레 벚꽃잔치가 지나가고 색색의 화려한 꽃들이 눈길을 모으는 중인데, 무의도 가는 길에는 이제 막 봄이 시작되고 있었다. 가로수 벚꽃이 조금씩 연분홍 망울을 터뜨리고, 바닷가 언덕의 진달래도 아직 수줍은 듯 살포시 치맛자락을 펼치고 있었다.

봄볕이 곱게 내리는 정오의 바다는 그저 평화로웠다. 썰물이 쓸고 간 빈 백사장에는 지난여름 피서객들이 남긴 시끌벅적한 얘기도 세찬 겨울바람의 울부짖음도 가뭇없이 사라지고, 가벼운 차림으로 나들이 나온 사람들의 웃음소리만 한 옥타브 높게 넓은 백사장으로 흩어지고 있었다. 소리 없이 부드럽게 간질이듯 밀려왔다 밀려가는 물결을 가만히 보고 있자니 마치 아이들이 길게 손잡고 무리지어 노는 모습 같았다.

"우리 집에 왜 왔니, 왜 왔니, 왜 왔니?"

목청 높여 부르며 두 편으로 나눠 손잡고 마주 선 아이들이 앞으로 나갔다 뒤로 물렀다 하며 깔깔거리는 놀이, 봄 바다의 파도와 파도였다.

한순간도 멈추지 않고 움직이는 바다는 영원한 생명력의 원형. 그것은 살아가는 힘의 원천이기도 하리라. '나비효과'와는 반대로 어느 대양의 집채만 한 파도가 부서지며 전해지는 파문이 지금 눈앞의 작은 물결로 이어지는 게 아닐까. 크든 작든 하나의 몸짓은 어떤 형태로든 어딘가에 영향을 미치는 원리. 숨 쉬지 않는 바다는 이미 바다가 아니듯 찰랑이는 물결은 바다의 호흡이다.

우리는 백사장 끝 갯바위에 둘러앉아 기타 반주에 나직이 화음을 맞추었다. 젊은 시절로 돌아가기라도 한 듯 몸과 마음이 한없이 가벼워지는 느낌은 순풍에 미끄러지는 돛배를 탄 기분이랄까. 목덜미에 여린 봄 햇살의 입김을 받으며 맑은 공기 속에서 추억의 노래를 부르는 동안, 가슴에 쌓인 찌꺼기들이 저절로 씻기는 것 같았다. 어느 사이 나이도 시간도 아득히 잊었다.

내가 봄 바다를 좋아한 게 언제부터인지는 확실치 않다. 무섭도록 검푸르고 냉랭한 빛, 거친 물결과 독기 품은 칼바람이 얼굴을 할퀴는 겨울 바다를 지루하게 견디며, 고운 물빛 스쳐 유순해진 바람이 속삭임으로 다가오는 봄 바다를 간절히 기다리곤 했다. 젊음이 물결치는 정열적인 여름 바다의 화끈함도 좋고, 우수 깃든 가을 바다의 낭만과 호젓함, 운동회 끝난 텅 빈 운동장에 홀로 펄럭이는 만국기 같은 그 쓸쓸함도 은근히 좋아한다. 하지만 얼굴 간질이는 실바람, 물비늘 무수히 반짝이는 맑은 봄 바다의 살가움은 아무리 만나도 싫증나지 않는 오랜 친구 같다고 할까.

'봄 바다'란 말에서는 부드러운 물결과 은빛 햇살, 뭔지 모를 아련한 꿈이 아지랑이처럼 피어오른다. 조무래기 친구들과 오리 길 신작로를 걸어 조개를 캐러 가던 때도 언제나 봄이었다. 푸른 바다를 배경으로 넓게 펼쳐진 노란 장다리꽃, 흰나비의 팔랑거림도 내겐 평화로운 봄 바다의 이미지로 새겨져 있다. 고향집 사립에서 몇 발짝만 나오면 바라보이던 흰 돛단배의 가물거림도 내겐 봄 바다의 여유로운 정경으로 남아 늘 평온함을 안겨 준다.

저 멀리 수평선은 짙은 해무에 싸여 하늘과 섞여 버렸다. 봄의 두근거림 속에 해무 베일 뒤에선 어떤 은밀한 얘기가 익어가고 있을까. 열린 바닷길을 따라 바다의 속살을 들여다보며 실미도로 건너갔다. 치열했던 영화 속 장면들은 기억으로 떠올려볼 뿐, 마음 통하는 사람들과 바다 냄새 맡으며 모래밭에 발자국을 새겨보는 동심에 젖는 것으로 족했다.

봄 바다는 내게 언제나 설렘으로 다가온다. 곱게 찰랑이는 잔물결 위로 반사되는 눈부신 햇실, 그 잎에 서면 올림증처럼 차오르는 어떤 환희. 투명하게 펼쳐진 봄날의 바다는 알 수 없는 먼 그리움을 불러 아련함에 젖게 하고, 실눈으로 바라보는 저 너머 미지의 세계가 손짓하는 것 같아 저절로 가슴이 부풀어 오른다.

다이아몬드가 눈부시게 수면을 장식하는 남녘의 봄 바다. 어느 시인이 화안한 꽃밭 같다고 노래한 바로 그 바다. 언제나 잠들지 않고 희망을 노래하는 봄 바다처럼 쉼 없이 잔물결 찰랑이며 푸른 꿈을 노래하고 싶다.

알밤은 무죄

얼마나 징그러웠는지 몰라. 퇴근하고 온 딸아이가 식탁에 앉으며 하는 말이었다. 평소의 아이답지 않은 말투에 의아한 눈길로 쳐다보았다. 하룻밤 사이 알밤 몇 톨의 변신에 적잖이 당황한 모양이었다.

간식으로 가져간 알밤이었다. 남은 몇 개를 책상서랍에 넣어 두었는데 다음 날 무심코 꺼내다가 아주 기겁을 했단다. 오죽하면 징그럽다고 했을까. 뽀얗게 껍질 벗긴 벌거숭이 밤톨들이 단하루 만에 손가락 한 마디 길이의 허연 싹을 달고 있었으니 놀라는 것도 무리는 아니지 싶다.

아이는 자못 심각한데 나는 '풋' 웃음이 터졌다. 갑자기 눈앞에 벌거벗은 닭의 질주가 떠올랐기 때문이다. 옛날 시골에서 닭을 잡느라 뜨거운 물을 끼얹어 털을 다 뽑았는데, 어느 순간 느닷

없이 푸드득거리며 달아나는 바람에 한바탕 소동을 벌였다는 얘기 말이다.

알밤이나 꼬꼬닭이나 발가벗겨 놓고 방심하는 사이 전혀 예상치 못한 생명력을 불쑥 펼쳐 보였으니, 생명의 본능이란 얼마나 강하고 놀라운지 모르겠다.

지난 추석 무렵 냉장고에 넣어 둔 밤이었다. 가끔씩 삶아놔도 저마다 바쁜 탓인지 귀찮아서인지 아무도 거들떠보지 않아 혼자 처리하느라 애를 먹었다. 아무래도 우리 집에서는 말만으로도 군침 도는 꿀밤이 아닌 것 같았다. 설이 다가오기 전에 냉장고를 정리해야겠기에 궁리 끝에 생밤 껍질을 벗겼다. 밥에라도 조금씩 넣을 작정이었는데 의외의 반응이었다. 아이는 밤 깎는 겉을 오가며 하나둘 집어먹더니 그 오도독 씹는 맛이 좋았던지 간식으로 가져가기 시작했는데 생각지도 못한 일이 벌어졌던 것이다.

몇 달째 차고 어두운 냉장고에 방치되었던 녀석이 세상으로 나오자마자 생명의 불씨를 번쩍 피웠다는 사실은 내게도 새삼 감동으로 다가왔다. 그야말로 엄동설한, 입동에서 시작된 추위가 최고조에 이르는 대한大寒이다. 모든 게 죽어 있는 이때 새로운 생명의 뜨거운 약동이라니! 모든 싹이 껍질을 뚫고 나올 때는 자신이 가진 것 200배의 힘으로 터져 나온다 했는데, 난 한겨울 속에서 놀라운 봄의 활기와 숨결을 느낀 셈이다.

제사상은 물론이고 각종 상차림에도 빠지지 않는 밤은 새색시가 폐백을 드릴 때도 치마폭에 던져진다. 아들 딸 많이 낳아 집안의 대를 이어가기를 염원하는 오랜 풍습이다. 밤은 싹이 나고 자라서 새로운 나무가 열매를 맺기까지 남아 있다고 한다. 그런 까닭에 후손의 성장을 지켜보는 조상으로 상징된다.

요즘 딸아이가 새로운 둥지로 날아갈 준비로 한창 바쁘다. 언제까지나 품안에 있으리라 여긴 건 아니지만 막상 떠난다는 생각을 하니 못내 아쉽고 허전하다. 새로운 가정을 이룬다는 것은 분명 축하할 일이지만, 세상 물정 모르는 햇병아리를 물가에 내놓는 것 같아 염려스런 마음도 어쩔 수 없다.

잔설을 밟으며 오른 뒷산에는 한겨울 속에서도 새로운 생명들이 준비되고 있다. 여린 겨울 햇살이건만 나무들은 저마다 볼록볼록 꽃눈 잎눈을 매단 채 때를 기다리고 있다.

내게 처음으로 엄마라는 이름을 달아 준 아이. 지금껏 늘 기쁨만을 안겨 주던 믿음직하고 착한 딸. 미처 마음의 준비도 못했는데 어느새 때가 되었는가. 그래, 우주의 질서를 따라 새로운 싹을 틔우는 것은 지극히 당연한 일이다. 새로운 환경에 잘 적응해서 튼실한 뿌리를 내리고 든든한 나무로 자랄 수 있기를 염원해야겠다. 화창한 새봄이 은근히 기다려진다.

여름날의 보너스

불을 끄고 자리에 누우니 머리맡이 대낮처럼 환하다. 고개를 드니 활짝 열어 둔 창으로 달빛이 가득 쏟아지고 있다. 내 허락도 없이 훌쩍 방안에 들어와 있건만 그저 반갑기만 하다. 한여름의 하늘이라고는 믿기지 않을 정도로 깊고 투명한 하늘에 보름을 하루 앞둔 둥근달의 해맑간 미소, 실로 얼마만인지 모르겠다.

밤낮으로 늘 뿌연 도시의 하늘은, 은하수를 건너 초롱초롱 별을 헤고 별똥별을 지키던 어릴 적 하늘에서 멀어진 지 이미 오래다. 더구나 고온다습한 기단으로 한층 무거워진 공기 속에서 기대하지 못했던 신선한 광경에 잠이 싹 달아나 버렸다. 달빛 아래 홀로 앉으니 가을밤인 듯, 다정하고 그리운 사람들이 보고 싶어진다. 오랜 장마에 이어 연일 계속된 찜통더위에 지칠 것 같았는

데, 낮에 한바탕 신나게 내린 소나기가 이처럼 청명한 밤을 불러
와 내일이 입추임을 알려주나 보다.

　말끔하게 대청소를 끝낸 홀가분한 월요일 한낮, 갑작스런 빗
소리가 더없이 반가웠다. 발코니 창을 닫으려 나갔다가 그냥 망
연히 서서 빗줄기를 바라보았다. 쫙쫙, 굵은 빗줄기가 지면에 부
딪는 소리는 폭포수처럼 요란했다. 고층에서 만나는 소나기는
바로 눈앞에서 아이 팔뚝만 한 빗줄기 가닥들이 수직으로 마구
곤두박질치듯 내려꽂혔다. 뜨거운 지면에 힘껏 부딪쳐 나비인
듯 함박눈송이인 듯, 물보라 속 하얀 파편들의 현란한 춤을 내려
다보고 있으니 어지럽기도 했다.

　까짓것, 빗방울 좀 들이치면 어떠랴. 이렇게도 시원한데. 창문
을 닫지 않고 그대로 들어왔다. 차지고 요란한 소리만큼이나 더
위도 시원스레 씻어내는 것 같아 속마저 후련해졌다. 차가운 대
자리 위에서 편안한 마음으로 빗줄기를 보고 있자니 아련히 떠오
르는 소나기의 추억들. 황순원의 '소나기' 같은 풋풋함이나 애틋
함은 아니어도 가슴속 동심을 부채질하는 아름다운 그림들이다.

　어릴 적 소꿉놀이 하던 뒷마당 툇마루에서 바라보던 소나기는
지금도 생생하게 그려진다. 어느 순간 바다 쪽에서부터 '쏴아'
하는 소리로 저만치 들판을 가로질러 달려오던 뿌연 물기둥.

들에 나가신 어른들 걱정과 함께, 힘껏 내달리면 계속 소나기를 앞서 달릴 수 있으리라 상상하던 호기심 어린 철부지노 보인다.

냇가에서 멱을 감다가 만나는 소나기도 잊지 못할 어린 날의 삽화로 남아 있다. 후드득, 빗방울이 듣기 시작하면 벌거숭이인 채로 후다닥 옷을 감싸안고 뜨거운 돌을 밟으며 냇가 버드나무 밑으로 내달렸다. 퍼런 입술을 마주보고 눈빛 반짝이며 깔깔대던 꼬맹이들. 특히 해수욕을 하다가 맞는 소나기는 물놀이를 한층 더 신나게 하는 촉진제였다. 잔잔한 수면에 수많은 동그라미 물무늬를 만들며 벌거벗은 몸 위로 마구 쏟아지던 빗줄기. 이가 딱딱 부딪치게 떨리는데도 우리의 즐거운 비명은 오히려 더 높아갔다. 빗물에 식어 버린 모래사장보다는 물속이 더 따뜻해 나오고 싶지 않았다.

장거리 통학을 하던 학창시절에는 더러 원망스러울 때도 없지 않았다. 피할 곳도 없는 데서 예고 없이 퍼붓는 소나기를 만나면, 책가방을 머리에 이고 달려도 보지만 이내 후줄근해질 수밖에 없었다. 얇은 교복이 찰싹 붙은 모습에 서로 민망스런 웃음을 나누기도 했지만, 그보다는 흰 운동화의 흙탕물 얼룩 때문에 속상하던 일이 생생하게 떠올랐다.

어쨌거나 더위에 지치고 무료한 여름 한낮의 소나기는 여름날의 특별한 선물이지 싶다. 양철지붕, 대나무 숲, 울타리의 호박잎 위로 마구 쏟아지던 빗소리의 절정. 대지도 초목도 가만 숨을 죽였다. 강렬한 오케스트라의 한바탕 휘몰아침에 모든 소리가 잦아들고 마는 것이었다.

시원스런 소리 끝으로 금세 마당에 낙숫물이 흘러나가면 대지의 열기가 확 씻기고, 불볕에 신음하던 초목들도 풋풋하게 다시 생기를 찾았다. 때를 맞춰 매미들도 다시 일제히 목청을 드높이면 깨끗하고 시원한 공기가 얼마나 기분 좋던지. 천둥 번개가 동반되지 않아도 마루 끝에 앉은 사람들 모두 하나같이 순한 얼굴이 되었다. 지루하게 추적거리는 장맛비와는 달리 이내 무지개와 함께 활짝 갤 것을 믿기에 아무 부담 없는 잠시 가벼운 휴식의 시간인 셈이었다.

우리 삶의 길에도 가끔 여름날 소나기 같은 선물이 있으면 좋겠다. 힘들고 팍팍한 나날에 문득 시원한 소식 날아들어 답답한 가슴 확 씻어내고 쫓기듯 서두르던 발걸음도 한 박자 쉬어 갈 수 있다면 한결 가벼울 것이다. 요즘처럼 짜증나는 소식들만 넘치는 매스컴에 내일은 모처럼 소나기 같은 소식 들려오면 좋겠는데, 너무 터무니없는 기대일까.

예상 못하고 만난 청명한 여름밤은 뜨거운 대지를 단번에 식혀 준 강한 소나기와 함께 힘겨운 여름날의 특별 보너스 같아 생각할수록 흐뭇하다.

새로운 눈을 얻으며

돋보기를 하나 마련했다. 아직은 때가 아니라고 한사코 버티던 끝이다. 어머니의 바늘귀를 대신 끼워 드린 게 언제부터였는지 가만히 더듬어 본다. 지금의 내 나이쯤이었던가? 어머니께 뭔가 도움이 될 수 있어서 뿌듯하던 어린 마음이 생생하게 떠오른다.

친구들 모임에서 바늘귀가 잘 보이지 않는다는 얘기를 꺼냈더니 다들 공감한다. 인생시계가 어느새 그쯤 왔다는 것이다. 오히려 아직도 눈이 좋다는 부러운 시선도 있다.

돋보기란 그대로 노인의 상징 같아 미룰 수 있는 데까지 미루고 싶었다. 그러나 언젠가부터 밤에 책 읽기가 조금씩 불편해지고, 흐린 날이면 낮에도 사전의 글씨가 잘 보이지 않아 거실로 발코니로 옮겨 다니며 눈을 비벼 봐도 안개 속인 듯 답답했다.

약 포장지나 화장품 설명서의 잔글씨를 스탠드에 바짝 들이대고도 읽을 수 없을 때 손들지 않고 달리 어쩌겠는가. 지금껏 전혀 불편함 없이 잘 살 수 있었음에 새삼 고마움을 느낀다.

아이의 재촉에도 한동안 이런저런 핑계만 대다가 결국 못 이긴 척 따라나섰다. 안경점 가는 것 자체를 허용하고 싶지 않은 못난 자존심은 순 억지 부리기였다. 글씨가 또렷하게 확 다가오는 선명함! 너무 좋아서 벌떡 일어서다가 아찔한 어지러움에 잠시 놀라기도 했다. 꼭 필요할 때 가까운 곳만 보는 거란다. 돋보기를 콧등에 걸치고 그 너머로 바라보시던 어른들을 이제야 이해할 수 있게 된 것이다.

강의시간에 돋보기와 안경을 연신 바꿔 쓰시던 노교수님을 처음 뵈었을 때가 생각난다. 왠지 집중에 방해되는 것 같아 불편하게 여겼던 기억이다. 뿐만 아니다. 스탠드의 각도가 정확하게 맞지 않으면 능률이 오르지 않는다는 말씀을 들을 때도 제대로 이해하지 못했었다. 너무 과민하신 게 아닌가 여기기도 했으니까.

직접 겪어 보지 않고 어찌 제대로 이해하고, 제대로 안다 할 수 있을까. 새삼스런 깨달음을 깊이 새긴다. 간접경험과 추체험도 없는 것보다야 낫겠지만 절대로 똑같을 수 없음을 절감한다. 얼마 전, 지인 한 분이 심한 몸살감기로 힘들다고 할 때도 그냥 막연히 짐작하며 투정 정도로 받아넘겼다. 그런데 오래지 않아 몸살감기에 호되게 시달리며 비로소 '남의 염병이 제 고뿔만 못하다'는 옛말의 진정성을 아리게 맛보았나. 사람이란 그렇게 자기중심적인 존재임을 뉘라서 부정할 수 있을까.

'병이 난다는 것은 몸이 쉬어야 한다는 신호'라는 말을 들은 적이 있다. 아무리 발버둥쳐도 피할 수 없는 것은 차라리 순리로 받아들여야 한다는 것이다. 조금 빠르고 늦고의 차이는 있겠지만 한치 어김없이 돌아가는 인생 시계 앞에서 누군들 피할 수 있을까. 나이 들면 시력뿐만 아니라 청력이며 치아가 약해지는 것 역시 이제 쓸데없는 것 덜 보고, 덜 듣고, 자기 소화력에 맞게 취하라는 깊은 뜻이 숨겨져 있단다. 그 암호를 제대로 해득해야만 남은 세월을 무리 없이 갈 수 있다고 했으니, 괜한 억지로 버틸 게 아니라 자연스런 변화로 편하게 받아들일 일이다.

날마다 앞으로 나아가는 인생길에서 내일은 언제나 하얗게 새로운 날이다. 이런 경험들을 토대로 이해의 폭을 넓히려는 끊임없는 노력이 실수를 조금이나마 줄이지 않을까. 나이는 먹는 게 아니라 그만큼의 연륜으로 차곡차곡 쌓인다 했던가. 육체가 약해지는 것과 반비례로 연륜만큼의 계절이 쌓이고 지혜가 늘어난다면 그리 나쁠 것도 없겠다. 한쪽 문이 닫히면 다른 문이 열리고, 여름이 지나면 가을이 온다는 엄연한 이치. 돋보기를 쓴다는 게 그리 억울하거나 창피한 일도 특별히 속상한 일도 아닌 것이다.

이제 돋보기라는 새로운 눈이 하나 더 생겼다. 돋보기라는 확대경을 통해 자칫 놓치기 쉬운 주변의 작고 사소한 아름다움들을 찾아내고, 이웃의 보이지 않는 아픔도 읽어 낼 수 있으면 좋겠다. 삶에서 정말 중요한 것들이 뭔지 느긋하게 하나씩 챙겨 보고 싶다.

내 맘을 읽은 아이는 예쁜 빨간 테를 강력히 권하고는 오히려 생기 있어 보인다고 눈빛 반짝이며 웃는다. 위로임을 모르지 않으나 마음만은 언제까지나 변함없는 젊음을 유지하리라 속다짐도 한다.

인생의 계절을 따라 찾아온 돋보기가 주는 의미를 차분히 새겨 볼 시점인 것 같다. 지천명에 이르러 한층 성숙하고 깊어진 눈길, 탱탱한 젊음과 바쁜 마음이 가질 수 없는 심안心眼이 새롭게 열리기를 꿈꾸어도 좋지 않을까.

쉰 고개를 넘은 어머니 모습이 거울 속에서 따뜻한 눈길로 지켜보고 있다. 돋보기 너머로 살짝 미소를 보내며 마주 웃으니, 그렇게 미운 모습만은 아니라는 생각이 들기도 한다.

2

가끔 손목 하나쯤 부러져 보라

한 손으로 생활한 지 일주일째다. 불편함이야 말할 수도 없지만 그래도 이제 어느 정도 적응했다고 할까. 처음 깁스를 했을 때는 정말 황당했다. 오십 몇 년을 멀쩡히 잘 살다가 하루아침에 한 손으로 살려니 어찌나 어설프던지. 둘이 하던 일을 혼자 하게 되면 산술적으로 절반은 해야 할 것 같은데 그렇지 못했다. 참 답답하고 난감했다.

새해 둘째 날이었다. 춥기는 했지만 특별한 계획도 없던 터라 뒷산에 가는 남편을 따라나섰다. 어쩌면 일이 그리 되려고 그랬는지도 모르겠다. 실은 전날 혼자 산에 갔다가 몇 번 미끄러져 오른 손목이 좀 불편했다. 그런데 자고 나니 괜찮아 겁도 없이 또 덜렁 나섰던 것이다. 전날에는 며칠 후 신년모임에서 낭송할 시를 외우느라 정신을 팔았기에 이번에는 조심하면 별문제

없으리라 여겼던 게 잘못이었다.

산길은 지난번 폭설이 그대로 쌓인 데다 사람들 발길에 다져져 그야말로 빙판이었다. 혼자 생각하며 걷는 것도 좋지만 모처럼 남편 발자국에 발자국을 포개며 걷는 것도 즐거웠다. 중간에 한적한 길로 돌아서 숫눈을 밟으며 걷는 느낌도 참 신선했다.

한 바퀴 돌아서 내려오는 길, 좀 여유가 생겼다. 미끄러운 산길을 사람들은 뭐하러 저렇게 고생스레 다닐까. 다치기라도 하면 어쩌느냐는 주제넘은 걱정까지 해가면서. 그러고는 전날 외우던 시를 다시 떠올리고 있었다. 조심조심 긴 비탈길을 다 내려왔다고 생각하는 순간이었다.

"꽈당!"

정신을 차려보니 바닥에 털썩 주저앉아 있었다. 왼팔이 아파 말을 할 수도 없었다. 어제 아팠던 것과는 차원이 달랐다. 아차, 잘못했구나. 어제 받은 경고를 무시한 것을 반성했지만 이미 늦은 후였다.

저만큼 앞서가던 남편이 돌아와 일으켜 주려는데 꼼짝할 수도 없었다. 앉은 채로 한참 숨을 골라야 했다. 지나가던 사람들이 걱정하며 지켜보는데도 창피한 것은 뒷전이었다. 한쪽 팔을 끌어안고 내려오는데, 늘 다니던 길이 갑자기 아득하게 느껴졌다.

휴일인지라 퉁퉁 부은 손목으로 하룻밤을 지내고, 다음 날

일찍 병원에 갔다. 초만원이었다. 차례를 기다리는 동안 동병상련으로 아픔을 함께하다 보니 마음이 조금 가벼워졌다. 여러 환자들을 지켜보며 스스로 고마운 마음도 들었다. 혼자 속으로 중얼거렸다. '왼팔이 부러졌다. 오른팔은 다치지 않았다. 두 다리는 건재하니 얼마나 다행인가.'

한 팔을 당장 붙들어 매니 바로 장애 체험이다. 우선 세수며 머리감기도 시원찮고 옷 갈아입기는 더 말할 것도 없다. 머리 손질도 제대로 못하니 외출도 꺼려졌다. 행주며 걸레를 꽉 짤 수도, 김치통을 꺼낼 수도, 가습기 물통을 채워 넣을 수도 없고, 때마다 불 위에서 뜨거운 밥솥을 내리는 것도 문제다. 뜨거운 밥솥을 부탁하면 그 옆 찌개 냄비까지 알아서 챙겨 주면 좋으련만 곧바로 등을 보이는 남자의 단순함이라니. 아쉬운 소리를 자꾸 하기 싫어 가능하면 온몸으로 해결하려는데 설거지조차 어려우니 예삿일이 아니다. 깁스 끝에 마른 나뭇가지처럼 뻣뻣하게 손가락을 매달고 뭇사람의 동정어린 시선을 받는 것도, 인사에 일일이 답하는 것도 편치 않다.

어릴 적 친구 엄마 생각이 났다. 탈곡기에 한 손을 잃고도 못하는 일이 없었다. 농사일은 물론 길쌈이며 바느질 어느 것 하나 빠지는 것 없이 성한 사람보다 더 솜씨가 좋았다. 게다가 뭉툭한 손목으로 무거운 함지를 받쳐 이고 생선 장사까지 하시던 모습이 어린 마음에 퍽 신기했던 기억이 떠올랐다. 그에 비하면 이깟 불편함은 아무것도 아니었다. 씩씩해지기로 스스로 마음을 다잡았다.

그런데 주변에서 더 부추긴다. 이럴 때 엄살 좀 실컷 부려 보라고. 물론 위로하느라 하는 말이다. 솔직히 나도 그런 마음이 없는 것은 아니지만 엄살도 아무나 하는 게 아닌 것 같다. 우선 받아 줄 사람이 있어야 하는데 식구들 얼굴 보기도 힘들고, 앓느니 죽는다고 입 떼기도 싫은데 엄살은 무슨 엄살. 그러면서도 한편으로는 알아서 도와주지 않는 남편에게 서운함 또한 없지 않았다.

밀물과 썰물의 리듬처럼 우리 삶도 좋은 일과 나쁜 일이 교차하며 이어지는 것 같다. 지난해 시월 무렵, 어떤 문제로 한동안 남편과 말도 하지 않고 집안 분위기가 아주 냉랭했었다. 진주혼식이라는 30주년 기념일도 그냥 지나치려 했는데 뜻밖에 아이들이 '리마인드 웨딩'을 몰래 준비해 두었다. 아이들을 실망시키지 않으려니 억지로라도 서둘러 화해를 할 수밖에 없었다. 모두 어울려 웃음 속에 사진 촬영을 하다 보니 어느새 가슴속 얼음장도 녹고 분위기가 반전되어 훈훈한 봄날이 펼쳐졌었다. 그런데 그리 오래지 않아 이렇게 다시 웃음기 가시고 무거운 시간 속에 끙끙대고 있는 것이다.

하지만 어떤 일이든 양면성이 있듯 이번 사고가 꼭 나쁜 것만은 아니라는 생각이 든다. 정신없이 바쁜 아이들이 짬을 내어 머리 감겨 주겠다고 챙기며 청소도 도와주고, 어쩔 수 없어 하는 것이지만 남편이 설거지를 해 주는 생각지 못한 호강(?)도 누린다. 며칠 전에는 남편이 나물을 짜주고 있는 걸 본 둘째가, 부엌에 나란히 선 모습이 꼭 신혼부부 같다 해서 꽃구름 같은 웃음을 터뜨리기도 했다. 뿐만 아니다. 이제 곧 퇴직할 그가 이번 기회에 자연스레 부엌과 좀 친해진다면 그 또한 나쁘지 않겠다. 집안에 보이지 않는 잔손이 얼마나 필요한지까지 알아주기를 바라는 건 순전히 내 욕심이다.

저녁 설거지를 하려고 고무장갑을 끼는 그 옆에서 한 손으로 가스렌지를 닦다가 슬며시 들어왔다. 텔레비전도 컴퓨터도 켜지 못하고 책도 펴지 못한 채 엉거주춤 불편한 마음으로 거실을 서성인다. 관심을 듬뿍 받는 것도 좋겠지만 빨리 4주가 마저 지나고 뭐든 내 손으로 시원시원하게 해치우고 싶은 마음 간절하다. 아니다. 이왕 넘어진 김에 모처럼의 기회를 즐겨보고 싶은 마음이 슬슬 고개를 든다.

요즘 집안 분위기가 이보다 더 좋을 수 없다. 김치 써는 게 마음에 안 들어도, 싱크대 얼룩이 못마땅해도 눈 한번 감아 버리면 그만이다. 한쪽은 베풀어서 기분 좋고, 다른 쪽은 사랑 받아 배가 부르니 감미로운 공기가 흐를 수밖에 없지 않은가. 이토록 서로를 배려해 본 적이 있을까 싶게 온기가 감돈다. 다치지 않았다면 결코 맛볼 수 없을 온 가족의 사랑을 한 몸에 받는 느낌이다. 데면데면하던 때가 언제였는지 벌써 잊어 버렸다. 살다가 가끔 손목 하나쯤 부러져 봐도 괜찮으리.

분홍 꽃이불

이불장을 정리하다가 또 손길이 멈췄다. 아른아른 속이 비칠 듯 낡은 차렵이불. 절대로 버리지 말라던 막내의 부탁이 매번 손길을 붙들었다. 아이에게 그건 단순히 낡은 이불이 아니다. 날이 갈수록 그리운 소꿉동무처럼 알록달록한 유년의 추억이 오롯이 담겨 있는 소중한 보물이다.

다섯 폭으로 된 이불은 베이지색을 중심으로 분홍과 베이지색이 양쪽에 이어져 있다. 베이지색 바탕에는 좁쌀만한 꽃무늬가 잔잔히 흐르고, 위쪽엔 분홍색 깃, 가장자리로는 빙 둘러 같은 색 프릴이 달렸다. 또한 이불 전체를 바탕으로 큰 꽃 한 송이가 아플리케로 활짝 피어 있는데, 분홍 꽃과 연초록 잎의 단순하고도 산뜻한 대조는 딸아이들의 마음을 사로잡기에 충분했던 모양이다. 뿐만 아니다. 아가의 살결처럼 부드러운 감촉은 지금 만져 봐도 간지러울 정도로 기분 좋다.

꽃이불은 늦가을부터 이른 봄까지 아랫목 지킴이였다. 보일러 방에 아랫목이 따로 있을까만 이불 깔린 자리가 곧 아랫목이었다. 자개장 앞에 펴 놓은 꽃이불 덕분에 안방은 언제나 화사한 봄날 꽃밭이었다.

계단을 콩콩 울리며 유치원에서 돌아온 아이가 맨 먼저 뛰어들던 곳, 빨개진 볼과 언 손을 녹이던 곳도 그 이불 속이었다. 학교에서 돌아온 언니들과 얘기꽃을 피우며 간식을 먹을 때도, 눈빛 반짝이며 엄마의 옛날 얘기를 들을 때도 이불에 발을 묻고 둘러앉았다. 엎드려 책을 읽을 때나 텔레비전을 볼 때도 아이의 하반신은 언제나 꽃밭 속에 들어가 있었다. 소꿉놀이할 때도 역시 꽃밭을 사이에 두고 이쪽과 저쪽 끝에 서로 다른 살림을 차리곤 했다.

뒹굴기 좋아하는 아이들. 그 위에서 아무리 짓뭉개도 지지도 꺾이지도 않는 분홍 꽃밭이었다. 무릎을 다칠 염려도 없이 맘껏 뒹굴며 꿈을 꾸는 꽃밭.

어릴 적 유난히 이불 단속이 심하셨던 어머니 때문에 내겐 늘 아쉬움이 남아 있던 터였다. 어머니는 솜이불은 솜이 숨죽으면 못 쓴다고 밟지도 못하게 하셨다. 눈밭에 몸 도장 찍듯 이불 위에 두 팔을 벌리고 훌렁 누우면 그 시원하면서도 푸근한 느낌이 얼마나 좋던지, 이불을 개는 사이로도 더러 뛰어들었다가 지청구를 듣기도 했다.

가끔 오빠 언니들이 어머니 몰래 태워 주던 이불비행기의 맛이라니. 천장이 흔들리며 약간 어지러운 듯, 그 재미나고 미묘한 느낌을 어떻게 표현할까. 내가 좋아하던 그네 타는 맛과도 또 달랐다. 나중에 실제로 비행기를 탔을 때도 그 느낌과는 비교할 수 없었다.

그래서 난 아이들에게 그냥 모른 척해 주기로 했다. 목화솜도 아니거니와 세탁도 전혀 문제될 게 없었으니까. 삶아 빨아서 풀 먹이고 다듬이질해 다시 꿰매던 이불이 아니기에 쉽게 눈감아 줄 수 있었는지도 모르겠다.

좁은 집이지만 오글오글 머리 맞대고 아무 걱정도 없던 그때를 아이는 그 이불에서 추억하는 것이리라. 그래서 보는 것만으로도 푸근하고 행복해지는 게 아닌가 싶다.

그러고 보니 아이들의 추억만이 아니다. 아이 셋 키우느라 바쁘게 돌아치긴 했어도 아직은 탱탱한 볼에 발그레 수줍음도 얼마쯤 남아 있던 내 싱싱한 젊은 날도 들어 있지 않은가. 아이들 머리 곱게 단장해 주고, 반질반질 걸레질도 힘든 줄 모르고, 부지런히 음식을 만들며 식구들 기다리던, 눈부신 햇살처럼 설레던 시절을 고스란히 함께했던 이불이다. 아롱아롱 무지갯빛 꿈을 꾸던 그 시절, 허락만 된다면 인생에서 꼭 한번 다시 돌아가 보고 싶은 시절이다.

퇴역한 경마처럼 몇 년째 바닥에 한번 내려와 보지도 못하고 긴 잠에 빠져 있는 이불은 더 이상 이불이 아니다. 더구나 요즘엔 선물 받은 이불들이 포장도 뜯지 않은 채 창고에 박혔는데 하물며 낡을 대로 낡은 이불임에랴.

하지만 손에 익은 물건이 정이 가고 추억을 공유한 사람이 각별하듯, 볼이 발간 아이들이 세상모르고 꿈을 꾸던 이불이 아닌가. 비록 고운 빛은 바래고 낡아 몸을 덮어 주는 역할에서는 밀려났지만 마음을 데워 주는 소도구로 특별하다는 생각이 든다. 이제 아이의 뜻이 아니더라도 선뜻 내치지는 못할 것 같다.

오랫동안 잊고 있다가 어느 날 문득 찾은 어린 날의 사진처럼 가끔씩 환한 꽃불을 밝혀 주는 분홍 꽃이불을 다시 제자리에 반듯이 넣어 두고 돌아섰다. 딸아이의 부탁 때문만은 아니었다. 이번에는 내가 그러고 싶었다.

봄 안개 속에서

'봄에는 가벼운 걸음으로 조심조심 걸어라. 어머니 대지가 아이를 배고 있으니까.'

생명의 태동이 시작되는 봄의 문턱 3월의 첫 주말이다. 카이오와 족의 격언이 아니더라도 산길을 걷는 발걸음은 저절로 가벼워진다. 무거운 겨울옷을 벗어 버린 홀가분함에다 춥지도 덥지도 않은 기온이 얼마나 기분 좋게 하는지. 더구나 마음 통하는 오랜 친구와 함께 걷는 길이 아닌가.

어제 내린 비에 흠뻑 젖은 낙엽이 폭신하게 깔린 산길은 스펀지처럼 탄력이 느껴져 사뿐사뿐한 걸음은 동심마냥 절로 출렁인다. 게다가 사방을 온통 뿌옇게 감싼 안개는 평소 다니던 길도 낯설게 하는 묘한 신비로움을 안겨 주기에 아주 색다른 산행의 흥분도 맛본다.

분홍 꽃이불

힘들게 산을 오르는 것은 시야가 널리 확보돼 정경을 감상하는 맛이 크건만, 오늘은 순전히 걷는 것 자체로 즐겨야 할까 보다. 아예 가시거리를 들먹일 것도 없다. 들판 저 멀리 피어오르는 아지랑이를 힘껏 쫓아가 보지만 도무지 실체를 볼 수 없던 것처럼, 정작 안개 속에서는 안개의 형체를 볼 수 없다. 돌아보면 금방 지나온 길을 어느새 하얗게 점령해 버리고, 앞쪽 오솔길을 가린 불투명의 흰 장막 그것일 뿐이다. 언제나 한 걸음 떨어져야 모습을 보여 주며 결코 손에 잡히지 않는 안개의 실체. 앞선 사람들이 사라지는 그 속으로 스며들 듯 우리도 잠겨든다.

하늘과 땅을 전혀 구분할 수 없이 가득 채운 짙은 안개 바다. 안개 때문에 더러 조난사고를 당하는 일들을 이제 이해할 수 있겠다. 부드러움이 강함을 이긴다 했던가. 한없이 연약하고 부드러운 안개 속에서 꼼짝 못하고 혼돈이란 말을 떠올린다. 오리무중, 도무지 방향도 알 수 없고 어디쯤인지 짐작도 못한 채 그저 한 치 앞만 내려다보며 걷고 또 걷지만 기대마저 없는 것은 아니다. 태초에 혼돈 속에서 천지 만물이 창조되었듯이 지금 이 부드러운 치마폭 속에 잉태된 새로운 생명들의 체온을 가만히 감지해 보는 것이다.

미로 속 안개의 마술, 골짜기와 능선을 오르내리며 순간순간 농도를 달리하는 운무 속에서 젖은 소나무 몸체의 검은 윤기가 이상스레 눈길을 뺏는다. 벌거벗은 나무들 가지 끝마다 보석 같은 영롱한 물방울의 칭아함은 비힐 바 없는 위인이다. 바늘귀민한 작은 잎눈의 봉긋한 끝에서 배어나는 여린 연둣빛에 저절로 입 맞추고 싶어진다.

밤사이 안개가 내려와 가만히 땅을 적셔 초목과 곡식을 가꿨다던 성경 속 얘기를 수긍할 수 있을 정도로 충분한 습기. 겨울을 난 것 같지 않게 눈부시게 고운 빛깔로 반짝이는 소나무와 떡갈나무의 젖은 낙엽이 산을 환하게 밝힌다. 순간순간 어느 먼 꿈길을 아스라이 걷는 듯한 착각에도 빠진다.

한동안 앞만 보고 걷다 보니 홀연 청계사가 나타났다. 마침 점심 공양 시간이라 예정에 없던 산사의 비빔밥도 맛보았다. 아무런 준비 없이 달랑 물 한 병 넣고 나선 길인데 내려가는 걸음도 힘들지 않을 것 같아 가벼운 마음에 고마움이 차오른다.

아침에 갑자기 산에 가자는 전화를 받았다. 휴일 아침을 느긋하게 시작하려 밥도 미루고 신문을 펼치고 있던 터라 잠시 주저했다. 재바르지 못한 나는 갑자기 서둘러야 하는 상황이 난감했던 것이다. 그러나 역시 잘한 결정이었다. 저기압이 지배하는 이런 날이면 종일 늘어져 비실거릴 텐데 이렇게 봄기운 가득한 산의 품으로 불러 준 친구가 새삼 고마웠다.

내려오는 길, 어느 아늑한 골짜기에서 새들의 어우러진 합창에 한동안 걸음을 멈췄다. 짝을 맞춰, 더러는 무리지어 한껏 가벼운 몸짓으로 하늘 높이 울리는 경쾌한 봄의 찬미, 그 생명의 찬가에 귀 기울이지 않고 어찌 그냥 지나칠 수 있을까. 많은 사람의 가슴을 부풀게 하는 비발디의 '봄'도 바로 이런 생명의 소리, 희망의 소리이듯이 이제 막 겨울잠에서 깨어나는 만물의 약동하는 소리, 상쾌한 봄의 왈츠에 가슴에도 자연스레 음표가 튀어오른다.

편안하고 조용한 골짜기에서 겨울을 이겨 낸 뭇 생명들의 환호에 가만히 귀 기울이는 시간, 내 가슴에도 친구의 정처럼 따스한 기온이 스며든다. 하늘과 땅의 약속이 촉촉한 안개의 축복 속에 어김없는 질서로 다가서고, 우리 삶에도 계절의 진실만큼 정직한 날들이 순리로 다가오기를 기대해 보는 마음에 생기 가득하다.

짙은 안개 속에 하얀 입김을 더하며 활기찬 산행으로 여는 새봄, 충만해진 가슴으로 돌아오는 발걸음이 가볍다. 새로운 생명들의 장엄한 환희의 대열에 기꺼이 발맞추고 싶어진다. 씩씩하게 깨어나 행복한 봄으로 엮어 가고 싶다.

절반의 귀향

"와! 된장찌개다!"

식탁에 앉으며 외치는 막내의 반색에 절로 웃음이
나왔다. 겨우 일주일 집을 비운 사이에 된장찌개가
그리웠다니, 어쩌면 찌개보다 엄마가 차린 밥상의 따뜻함이 만
족스러운 것이리라.

얼마 전부터 내 생활 리듬에 변화가 생겼다. 남편의 근무지 이
동으로 서울과 지방을 일주일 단위로 오가게 된 것이다. 처음 한
동안은 참 힘들었다. 다섯 시간이나 버스에 흔들리며 다니는 일
이 내게는 그리 만만치 않았다. 서울 집과 지방의 사택, 뿐만 아
니라 가까이 사시는 어머님 집도 돌아봐야 하기에 마음은 늘 바
쁘고, 어느 곳에 있든 마음 한구석은 언제나 편하지 않았다.

가족이란 머리 맞대고 부대끼며 함께 살아야 한다는 생각에

가능하면 그가 서울에 남기를 바랐지만, 고향으로 가고픈 마음을 이해 못하는 바도 아니었다. 휴일도 상관없이 바쁜 그를 대신해 오르내리기를 당연하게 여겼지만, 도로에 버리는 시간뿐 아니라 안정이 되지 않아 흘려보내는 시간들이 아깝고 속상했다.

그런데 그것도 어느 정도 시간이 지나면서 점차 익숙해졌다. 서울에 오면 서울 사람, 시골에서는 또 그대로 시골 사람으로 적응하려 애쓰며 스스로를 추슬렀다. 바꿀 수 없으면 차라리 즐기라는 말을 받아들인 셈이랄까. 고향을 떠난 지 삼십여 년 만에 절반의 귀향이었다. 명절과 집안의 대소사로 일 년에 몇 차례 다녀가곤 하지만 정신없이 돌아치던 그때와는 사정이 달라졌다. 이제는 여유로운 눈길로 고향을 바라보게 된 것이다.

학창시절 걸어서 통학하던 먼지 날리던 신작로가 말끔히 포장된 지는 이미 옛날이지만, 생각지도 못했던 산골 오지까지 하루에도 몇 번씩 정기버스가 운행될 정도로 참 많이 변했다. 좋게 변한 게 많지만 그 반대의 경우도 없지 않다.

지난 설 무렵의 일이다. 읍내 사거리 버스정류소에서 버스를 기다리며 마주친 광경은 지금도 눈에 선하다. 마침 설 대목 장날이라 정류소 가득 사람들이 넘쳤다. 버스가 도착하자 올망졸망한 보퉁이를 지고 들고 꾸물꾸물 일어서는 사람들이 하나같이 하얀 노인들이란 사실은 그야말로 충격이었다. 말로만 듣던 '농촌의 고령화'가 생생하게 눈앞에 보였다. 구부러진 허리로 양손에 짐을 든 할머니들이 서로 먼저 타려고 밀지는 사이 "허어 거참, 나중 온 사람들이 먼저 타려고 난리네." 헛웃음을 날리며 한발 뒤로 물러서는 할아버지들의 모습이 따뜻하기는 했지만, 아릿하고 멍멍한 느낌은 어쩔 수가 없었다.

밤을 새며 먼 길 달려올 자식들을 위해 갈퀴 같은 손으로 이것저것 보따리 가득 챙기신 부모님들 모습. 진정 아름다워야 할 정경인데 가슴 한쪽이 시려오는 고향의 현실이 무겁게 눌러왔다. 날마다 인구가 줄어들기만 할 뿐, 젊은이들이 떠나 버린 시골에 아이들 소리는 점점 더 귀해져 간다.

지금껏 우리 삶은 구세대와 신세대, 옛것과 새것, 그리고 농촌과 도시가 적당히 어우러져 무리 없이 왔다. 그런데 요즘 급격한 변화의 물결에 혼란을 겪고 있다. 뿌리 깊은 나무처럼 인류의 생명 창고인 농촌이 든든해야 도시도 나라도 튼실하고 부강해질 터인데. 노인들만의 세상에 소비도 줄어들기만 하니 지역경제의 어려움은 날로 심각해질 수밖에 없다.

지역경제 살리기의 필요성을 절감한 남편은 대부분 인근 도시에서 통근하는 직원들에게 고향 물건 사기를 강조한다. 인구가 늘고 소비가 살아나야 농촌이 건재할 수 있기에 행정기관에서도 출산장려정책 등 여러 가지 신경을 쓰고 있다.

산업화 물결에 도시로 떠났던 사람들이 이젠 돌아오는 고향, 팍팍한 도회의 삶을 벗어나 편안한 휴식을 얻는 전원으로 돌아올 수 있도록 돕고 준비하는 것도 한 가지 방법이겠다. 따뜻한 남쪽 지방의 특성을 이용해 '독일 마을'을 조성하고, 60년대 광부와 간호사로 독일에 갔던 사람들이 돌아와 쉬게 하고, '미국 마을'도 조성했으니 그나마 참 다행하고 감사한 일이다.

자유화·개방화 시대를 맞아 오직 쌀농사에만 매달렸던 농민들을 위한 지역 특화작물을 연구하고, 숨은 볼거리를 찾아내 알찬 관광 프로그램을 만들어 진정 찾고 싶은 곳으로 만드는 것도 좋은 방법이겠다. 제각각 사정이 있겠지만 영원한 어머니의 품 고향을 그리는 마음이야 어찌 다를까.

맑은 햇살 가득 쏟아지는 연둣빛 들판에서 어머님과 함께 종일 마늘쫑을 뽑는다. 찰랑이는 은빛 봄 바다를 스쳐온 바람이 이마의 땀을 식혀 준다.

계집 죽고 자식 죽고
외로워서 어찌 살꼬

들판의 한낮 정적을 깨는 산비둘기의 구슬픈 노래는 오늘도 마음을 적시고, 전자 음향이 아닌 바로 가까이에서 듣는 휘파람 새의 맑은 음색도 피로를 잊게 한다. 편안한 분위기에 이미님의 알록달록한 삶의 보따리가 시냇물처럼 술술 풀린다. 특별히 아껴 주셨던 할머니의 사랑이며 사랑 표현에 너무 인색했던 아버님에 대한 원망과 아쉬움, 그리고 참으로 어려운 시절을 살아온 꿈 같은 사연 사연들….

눈길 닿는 저 멀리 바다에 이르기까지 싱싱하게 펼쳐진 마늘 들판 가운데서 고부의 정도 새록새록 깊어 간다. 바람에 일렁이는 청보리밭 푸른 물결이 하루가 다르게 금빛을 띠어 가고, 자운영의 아련한 유혹이 펼쳐진 들판의 평화 속에 저절로 마음이 넉넉해진다. 고향의 자연이 주는 안식에 허리 아픈 것쯤은 별 게 아니다. 된장찌개를 반기던 대학생인 막내가 제 손으로 맛난 찌개를 끓여 오붓한 식탁을 차릴 때쯤이면 절반의 귀향을 지나 자연의 품으로 온전히 돌아오고 싶다.

윤기 넘치는 장독대에는 된장 고추장 구수하게 익어 가고, 뻐꾸기 소리 한가로운 들판의 평화 속에 하루가 다르게 자라는 곡식들을 지켜보는 소박한 행복을 가만히 그려 본다.

먼 길 돌고 돌아 주름지고 지친 발길들을 건강한 웃음으로 맞아 주는 곳, 맑은 물, 깨끗한 공기, 시원한 바람이 지천인 곳, 삶의 훈기가 있고 정이 넘치는 따뜻한 남쪽나라 내 고향 '보물섬'.

생각만으로 벌써 충만해지는 이 느낌은 그대로 행복이지 싶다.

언제든 돌아갈 고향이 있는 사람의 든든함. 누구라도 받아 주는 자연의 품이야말로 우리 모두의 영원한 고향이기에 아끼고 지켜야 한다. 은은한 전원 교향곡을 준비하는 마음에 연둣빛 바람은 살랑살랑 고운 음표를 실어 나른다.

저녁 산책길

소나기가 한 차례 요란스럽게 지나갔다. 갑자기 한밤중처럼 깜깜해져 전등을 밝히며 오늘 운동은 마음속으로 접었는데, 거짓말같이 금방 다시 환해졌다. 가벼운 마음으로 주저 없이 집을 나섰다. 촉촉한 산길을 두 팔 크게 흔들며 걷는다. 머리가 맑아지고 몸도 가뿐해지는 이 상쾌함. 물기 머금은 풀들은 제풀에 오솔길로 기울어져 더 짙은 녹색으로 계절을 알리고, 풀숲에는 비에 젖은 빨간 개미딸기가 보석처럼 산뜻하다.

하루 중 가장 편안한 해거름녘, 내가 산을 즐겨 찾는 시간이다. 눈부신 햇살이 설핏 기울고 잔광의 부드러움이 나무들 사이로 아늑하게 퍼지는 평온한 시간, 새들도 날개를 접고 둥지로 찾아드는 이 평화스런 저녁 무렵의 산을 나는 무척 좋아한다. 이제는 재촉하는 사람도 없으니 저녁 준비에서도 해방된 가벼움을 누린다. 운동화를 신고 나서는 여유가 내게는 그야말로 달콤한 행복이다. 하루 일을 끝내고 집으로 향하는 발걸음들이 한잔의 휴식으로 마무리를 하듯, 산에 다녀와야 내 하루가 잘 정리되는 느낌이다.

낮 동안 햇살을 듬뿍 받은 나무들이 뿜어내는 그윽한 향기, 선들한 저녁 바람에 실린 시든 풀냄새가 아득한 향수를 불러일으키기에 더욱 끌리는지도 모르겠다. 안 보면 못 견디게 그리운 님이라도 되듯 산에 갈 시간을 은근히 기다리는 설렘, 저녁 산책은 빠뜨릴 수 없는 내 일과가 되어 버렸다.

운동기구 옆에서 체조를 하고 있는데 할머니 두 분이 다가오며 무척 반가워하신다.

"오늘은 왜 이렇게 사람이 없다요? 이 시간엔 사람들이 좀 있어야 좋은디."

그래도 예쁜(?) 사람을 만났다며 활짝 웃으신다.

"글쎄요. 비가 와서 그런가 봐요."

나란히 벤치에 앉아 내 체조하는 모습을 구경하던 할머니들이 젊어서 좋겠다는 말씀을 하실 때 왠지 가슴이 싸했지만 뭐라 할 말을 찾지 못했다.

"죽으면 죄다 산으로 올 거인디 왜 그렇게들 산을 좋아라 쌓는지 모르겠어요. 참말로."

"산하고 미리 친해 놓을라고 그러는갑지 뭐."

할머니들의 얘기에 뭔가 반응을 해야 할 것 같다.

"산만큼 좋은 데가 어디 있어야지요!"

"맞소, 맞소! 그러요, 그러요!"

할머니들의 기분 좋은 맞장구를 듣다가 문득 어떤 얘기가 떠올랐다. 연로한 어머니를 모시고 사는 연세 지긋한 남자분의 사연이다. 단출한 세 식구가 식탁에서 함께 식사하면 좋으련만, 아내의 지청구에도 어머니는 한사코 밥그릇을 들고 방바닥으로 내려가기를 고집했다. 아무리 말려도 듣지 않고 아내의 불평은 여전히 계속되어 식사 때마다 난감했단다.

그런데 세월이 지나 어머니가 가신 뒤, 그렇게 불평하던 아내가 언제 그랬냐는 듯 바닥으로 내려가기를 즐긴다는 것이었다. 점차 나이가 들면 너나없이 낮은 곳으로 가기를 좋아하는 걸 보면 아무래도 돌아갈 곳으로 조금씩 가까이 가려는 본능인 것 같다고 했다.

그때는 '설마 그럴까?' 하고 넘겼는데 오늘 할머니들의 대화를 듣다가 그 얘기가 번쩍 생각났다. 예전에 화장대를 살 때 종업원도 그런 말을 했다. 젊은 주부들은 입식을 선호하지만 조금 지나면 그보다는 바닥에 앉는 것을 더 좋아한다며 좌식 화장대를 추천했다.

땅은 우리의 본향이다. 어머니 품 같은 넓은 가슴으로 누구도 가리지 않고 아무런 조건도 없이 받아 주는 영원한 고향이다. 산은 계절마다는 물론이고 아침과 저녁, 눈 오는 날, 비 오는 날, 제각각 다양한 모습이지만 언제나 변함없이 편안하게 안아 주는 휴식 공간이며 마지막 돌아갈 보금자리다.

어쩌다 힘든 일로 속상할 때도 산의 품에 들면 그냥 마음이 열리고 속이 편해진다. 마음 건강 몸 건강에 도움이 되기에 휴일이면 산마다 등산객 행렬이 꼬리를 문다. 사람은 누구나 알게 모르게 환경의 영향을 받게 마련이다. 한없이 넉넉하고 순정한 산의 품에 드나드는 사이 보이지 않게 인자함과 너그러움에 조금씩 동화되어 가리라.

담장 너머 현충원에 고요히 잠든 영혼들 역시 세상이 좁을 정도로 물불 안 가리고 펄펄 끓는 젊음이 있었다. 누구보다 넘치게 뜨거운 열정이 있었지만 이제 다 내려놓고 자연으로 오롯이 돌아갔다. 새소리 바람소리 흔들리는 한 잎 나뭇잎처럼 생명의 순환 속에 순응한 평화로운 모습이다.

짧은 생에서 세속의 명예와 부가 뭐 그리 대단할까. 젊음을 자랑할 것도 늙는다고 서러워할 것도 없다. 물처럼 담담히 그저 흐름을 따라가면 그만이다. 이렇게 편안한 산길에서 마음을 열고

사색의 여유를 누릴 수 있는 행복에 감사함이 넘친다. 그러고 보니 어느 사이 나도 신하고 참 많이 친해졌나 보다.

갑작스런 시냇물 소리에 고개를 돌리니, 품이 넉넉한 미루나무 잎들이 저녁바람에 일제히 손을 흔들며 반기고 있다. 저녁 산책길, 빈 마음에 차오르는 이 충만감은 어디에도 비할 바가 없다.

분홍 꽃이불

타임머신 타는 저녁

저녁 설거지를 끝내고 들어오니 딸아이가 밖에 나가자고 했다. 줄넘기를 하려는데 혼자 나가기 무섭다는 것이었다. 귀찮긴 하지만 모처럼 운동하겠다는 걸 외면할 수도 없어 가까운 놀이터로 함께 갔다.

아파트와 상가의 불빛이 비쳐드는 어스름한 놀이터에는 어린이를 데리고 나온 한 가족과 할머니 두 분뿐이었다. 딸아이가 줄넘기를 하는 동안 그네에 앉아 가만히 흔들리며 기다릴 참이었다.

앉은 채로 조금씩 흔들거리다 보니 점점 예전의 기분이 되살아났다. 정말 얼마만인지 모를 일이었다. 이 기분 좋은 흔들림. 어느새 제법 높이 올라가니 휠휠 초등학교 운동장 플라타너스에 닿던 그때의 느낌이 떠올랐다. 고개까지 한껏 뒤로 젖혀 보니 세상이 거꾸로 흔들리던 느낌도 예전 그대로, 마치 그때 그 계집아이로 돌아간 것 같았다. 딸아이가 막 깔깔거렸다. 꼭 애 같다고. 정말 재밌고 신난다고 말하고 나니 이젠 맘껏 즐겨도 될 것 같았다.

그러다가 놀이터 둘레를 걷고 있는 할머니들에게 신경이 쓰였다. 어른이 무슨 애들 그네를 타느냐고 나무라실 것만 같았다. 얼마 후 걷기를 끝낸 할머니 한 분이 그네 쪽으로 다가오셨다. 민망해서 조심스레 먼저 말을 건넸다.

"오랜만에 타보니 참 재밌네요."

"아이구, 얼마나 좋은데요. 난 날마다 걷기 마치면 꼭 타고 가요. 시원하고 몸도 아주 개운해진다구요."

예상 밖의 반응에 놀랐다. 할머니는 정말 능숙하게 타셨다. 한두 번 타보신 게 아님이 분명했다. 퍽 건강하신 것 같다는 내 말에 일흔다섯이라며 언제 이렇게 나이를 먹었는지 모르겠다고 하셨다. 마음은 여전히 청춘 그대로라는 말씀이다. 눈비 오는 날, 아들 며느리에게서 꼼짝도 말고 조심하라는 전화를 받으면 '네 놈들이나 조심해라' 헛웃음이 난다고 했다. 그래도 입으로는 고맙다고 해야 한다는 말에 함께 웃었다.

할머니가 들어가시고 난 뒤 그네에 앉은 채 '마음은 나이를 먹지 않는다'는 말을 되새겨 보았다. 얼마 전 어느 모임이 끝나고 이동할 때 겪은 일이 떠올랐다. 길을 모르니 일행들 꼬리를 붙잡아야 하는데 자꾸 처지는 분이 계셨다. 가방을 받아들고 바짝 팔짱을 껴보아도 숨이 가쁘니 거리는 점점 더 멀어질 뿐이었다. 행여 미안해하실까 봐 농을 걸었다.

"마음은 앞서 가는데 발이 말을 듣지 않지요?"

"참, 지랄 같애."

쿵, 순간 뭐라 할 말이 없었다. 얼핏 웃었지만 그 찡한 울림을 어떻게 표현할까. 몸과 마음이 따로 노는 서글픔, 안타까움, 어쩌다 이렇게 되었나 하는 속상함 같은 것들이 내포된 말이었다. 그래도 여든에 이렇게 열심히 공부하고 활동하시는 게 어디냐고 위로했지만 무슨 도움이 되었을까. 엊그제는 그분의 시 한 편에 다시 뭉클했다. '과거로 미래로 훌쩍훌쩍 잘도 뛰어다니는 천둥벌거숭이 마음, 저 혼자 날뛰는 꼴을 따라가지 못하는 몸이 멀거니 보고 있다.' 여든에도 마음은 여전히 천둥벌거숭이라니….

몸과 마음이 따로 노는 것은 행일까 불행일까. 누군가도 신의 가호인지 과오인지 궁금해했었다. 예나 지금이나 몸과 마음이 조화를 이루지 못함을, 혼자 앞서 가는 몸을 한스러워하는 목소리를 들으면 나쁜 것 같다가도, 육체는 마음의 지배를 받기에 그나마 마음이라도 젊은 게 다행인 것도 같고. 때로 나이와 너무 동떨어진 경우를 보면 억지 부리는 것 같아 편하게 안 보이다가도, 철없이 사는 사람이 젊고 즐겁게 사는 걸 보면 좋은 것도 같다. 갈수록 수명이 늘어나는 마당에 늙지 않는 마음이 억지로 빨리 쫓아갈 필요는 없으니 어떻게든 몸이 더디 가도록 붙잡아 보는 수밖에 달리 방법이 없을 깃 같다.

노인 자각 나이가 육십에서 칠십으로 바뀌고 이젠 칠십도 청춘이란 말이 있지만, 칠십 고개를 넘으면 아무래도 육체적 변화를 느낄 수밖에 없지 않을까. 민속촌에 놀러갔던 어느 분이 남편과 아들이 널뛰기를 못해 허둥대기에 큰소리치며 올라섰는데 웬걸, 마음과 달리 그대로 고꾸라지고 말았다며, 아무리 마음이 창창해도 칠십이란 나이는 어쩔 수 없더라고 털어놓았다. 팔십이 코앞인 어머님도 뵐 때마다 "정신머리가 이래서 어디다 쓰겠느냐"고 불평이시다. 오십 대인 나도 수시로 깜박깜박한다고 말씀드리면 열없이 웃으신다.

마음은 여전히 뭐든 할 수 있을 것 같고, 젊은이들 하는 게 성에 차지 않지만 어쩌겠는가. 청춘에서 멀어질수록 몸과 마음의 간격 또한 그렇게 멀어지는 걸. 이제 짐짓 한발 물러서서 바라보며, 속으로는 웃으면서도 더러 칭찬도 해 주며 여유를 부려야하지 않을까. 나이를 먹어 가면 둔해지는 몸 대신 연륜만큼 지혜가 쌓인다 했으니 위로 삼으면 좋겠는데, 글쎄다. 그 나이가 되어 보기 전에는 제대로 이해할 수 없을 것이다.

시원한 바람이 그네를 밀어 주었다. 긴 장마로 오랫동안 구름에 갇혔던 달님도 모처럼 환하게 웃어 주고, 달밤에 체조라더니 달밤에 그네 타는 엉뚱함도 꽤 특별한 맛이었다. 누구 눈치도 보지 않고 동심으로 달려간 즐거운 시간이었다.

아홉 시 뉴스를 보려고 들어오다가 현관 앞에서 위층 할머니와 마주쳤다. 놀이터로 운동 가시는 길이라 했다. 할머니도 그네 타러 가시는 게 아니냐고 딸아이와 둘이서 소리 죽여 웃었다. 저녁마다 놀이터에는 오래된 소녀들이 그네 타임머신을 타고 유년으로 훌훌 날아가고 있을지도 모르겠다.

인연이라면

여고 동창 몇이 모였다. 연일 오락가락하던 비가 오랜만에 그치고 엷은 구름이 드리운 날, 멀리서 온 친구를 만나기 위한 깜짝 모임이다. 여고 졸업 후 30여 년 만에 처음 만나는 친구, 국제결혼으로 외국에 사는 친구인지라 서로 궁금증이 가득한 채였다.

전철역에서 마주치는 순간 단번에 서로를 확인하며 훌쩍 세월을 뛰어넘었다. 마음은 꼭 예전 그대로건만 누가 보아도 우리는 오십 대 아줌마다. 하나도 변하지 않았다는 말을 남들이 들으면 그야말로 웃을 일이다. 언젠가 찻집에서 옆자리 할머니들의 대화를 들으며 우리끼리 웃은 적이 있으니까. "넌 어쩌면 여전히 예전 그대로니?" 하는 말에 그럼 예전에도 할머니였다는 거 아니냐고 쿡쿡거렸는데, 세월의 그림자 너머로 예전의 그 모습을 찾아내고 반기고 감격하는 우리도 하나 다를 게 없었다.

점심 식사 후 시원한 강바람을 따라 도심을 벗어났다. 물비늘 눈부신 한적한 야외 카페에서 매미 소리를 배경으로 모처럼 여유롭게 삶의 갖가지 얘기 보따리를 펼쳤다.

파리 여행 중 기차에서 만난 여섯 살 연하의 노르웨이 남자. 사뭇 낭만적이지 않은가. 우리는 눈빛을 반짝였다. 하지만 십 년이 넘는 긴 시간을 망설이고 망설이다 뒤늦게 결혼했다는 친구. 지금이야 연하남이 흔하지만 십여 년 전 이미 사십 대 중반에, 게다가 말과 문화가 전혀 다른 멀고 먼 나라 사람이고 보면 어찌 쉬운 결정이었을까. 한결같은 남자의 끈질김도 높이 사지만 친구의 대단한 용기에 뒤늦은 박수를 보냈다.

친구들이 제각각 나름대로 알록달록한 무늬를 만들며 열심히 살아가는 얘기를 나누는 사이, 석양이 지고 이내 어둠이 우리를 에워쌌다. 눈앞에서 흔들리던 벌개미취의 연보랏빛 얼굴이 어둠 속으로 사라져도, 더러는 진한 농담으로 깔깔대며 우리는 편한 시간을 아무런 부담 없이 마냥 즐겼다.

단발머리로 헤어진 우리에게 서른 살 전후의 아이들이 있고 사위도 봤다는 사실이 단 둘이 사는 친구에게는 참 생소하게 느껴지나 보았다. 하긴 우리가 생각해도 언제 여기까지 왔나 싶기도 하니까. 이제는 남편이 밖에서 아이를 낳아 와도 키울 수 있을 것 같다는 한 친구의 말이 허풍으로 들리지 않으니 살아온 세월만큼 품이 넓어진 것일까. 세월의 더께로 꼿꼿하던 풀기가 곰삭아 이만큼 너그러워졌는지도 모르겠다. 산다는 게 별 것 아니라고, 다 그렇고 그런 거라고 받아들일 수 있음은 지천명의 고개를 넘어선 나이 탓(?)이지 싶다.

시댁이며 이런저런 신경 쓰는 게 싫어 외국으로 결혼해 간다는 사람도 있다는 농담 같은 얘기도 들리지만, 인생이란 생각하기 나름이지 싶다. 누군가 그랬다. 산다는 것은 다름 아닌 지지고 볶는 거라고. 투닥투닥 알콩달콩 그러면서 아이들 키우고 어우렁더우렁 살아가는 가운데 행복도 눈물도 맛보는 달콤 쌉싸름함이 곧 우리 삶이라고 말이다.

얘기는 돌고 돌아 드디어 내게 남편 얘기 좀 해보라고 했다. 자상하고 친절한 남편들 얘기에 내심 부러워하던 참인데. 그러면서 곁들이는 말이 지난번 딸 결혼식 때 보니 아주 떠받들고 살겠더라나 뭐라나. 무뚝뚝한 경상도 남자의 전형이라고 펄쩍 뛰었다. 유독 아내에게 무심하고 배려가 없다는 서운함을 불쑥 털어놓고 보니 좀 민망했다. 익히 아는 사실이면서 새삼스레 뭐하는 짓인가 싶었다. 요즘 좀 불편한 심기가 마침 편한 분위기에 그냥 터져 나왔나 보았다.

다시 태어나도 또 만나고 싶다는 비율이 여자가 훨씬 적다고 했던가. 무뚝뚝하다는 불만이 행여 정반대로 채워진다면 그건 또 어쩔까 싶다. 말이 너무 많은 남자는 생각만으로도 못 견딜 것 같으니 말이다. 부부란 어느 한쪽만의 문제라기보다 상대적이기에 애교 없는 자신을 반성하다 보면 슬며시 쑥스러워지기도 한다. 그러려니 하면서도 때로 또 이렇게 변덕을 부리는 마음을 어떻게 다스릴지 아직도 오락가락하는 자신을 숨길 수 없다.

인연이란 어떤 것일까. 부부란 정말 운명적인 만남으로 예정되어 있는 것일까. 옷깃만 스치는 인연도 전생에 오천 번의 마주침이 있어야 한다는데, 부부라는 인연은 실로 몇 겁의 인연이 쌓여 맺어지는 것인지 아득하다. 한 몸이었다가 때로 돌아서면 타인이 되고 마는 가깝고도 먼 사이, 그 특별한 만남을 내 작은 머리로 어찌 헤아릴 수 있을까.

참 멀리서도 인연을 찾은 친구를 보며 인연의 고리를 다시 생각해 본다. 아무튼 지금부터라도 내게 온 인연들을 귀하게 여기며 주어진 시간 속에서 진정으로 아끼고 사랑하며 살 일이다.

까꿍, 핑키!

내가 왜 이럴까요? 정말 잘 모르겠습니다. 생후 한 달 무렵부터 가렸건만 요즘엔 하루에 한두 번 꼭 실수를 하고 마네요. 겨우 사흘 훈련받고 그 짧은 다리로 대롱대롱 화장실 문턱을 넘는 저를 보고 감동하던 가족들 모습이 아직도 생생한데 말입니다.

처음 몇 번은 아주머니에게 야단도 맞았지요. 혼자 두고 외출했다고 억지 부리는 줄 알았다나요. 그런데 이제는 그러려니 하네요. 치매 같다고 얘기하는 걸 들었어요. 치매라니요. 제가 정말 그 무섭다는 치매에 걸린 걸까요.

처음 이 집에 왔을 때가 생각납니다. 윗집을 오르내리며 제가 태어나기를 손꼽아 기다리던 이 집 딸들의 성화로 젖도 채 못 떼고 안겨 왔지요. 몽실몽실 주먹만 한 솜뭉치 같은 저를 잠시도 손에서 놓아주지 않았답니다.

핑키, 가족회의에서 얻은 제 이름입니다. 유난히 고운 제 핑크 빛 피부가 한몫을 했구요. 그 무렵 한창 인기 있던 만화 '밍키공 주' 덕분에 발음이 비슷한 '핑키' 가 별 이견 없이 통과되었습니다. 저도 물론 마음에 들어 한때는 총알처럼 핑 핑 날아다니기도 했지요.

이 집 초등학생 딸들은 학교가 끝나면 친구들을 몰고 오기 바빴습니다. 저를 자랑하고 싶어서였지요. 서로 안아보겠다고 얼마나 야단들이었는지 몸살이 날 지경이었지만, 딸들의 양양한 모습을 보며 참았지요. 제 동기 셋 중 망설임 없이 저를 콕 찍어 바로 아랫집에 살게 해준 게 고마워서 말입니다.

그렇게 한 식구가 된 후 사랑을 독차지했습니다. 일주일마다 꼬박꼬박 향기로운 샴푸로 씻기고 드라이어로 꼼꼼히 말려 곱게 빗질해 주고, 정기적으로 미용실에 가서 단장해 주니 공주가 따로 없었답니다. 참, 미용실 얘기가 나오니 생각나는 게 있네요. 언젠가 미용실에 친구들 몇이 모였을 때였어요.

"어쩜, 강아지들하고 주인하고 꼭 닮았어요."

한 아주머니의 말에 우리는 의아한 눈길로 서로 쳐다보았죠. 아주머니들 사이에 좀 어색한 웃음이 한바탕 지나갔습니다. 나야 뭐 나쁘지 않았지만 글쎄요. 모르는 사람들이 들으면 좀 웃기는 얘기 아니겠어요. 하긴 생판 남남으로 만난 부부도 살다보면 닮아 간다더니, 오래 함께 시내다 보면 그 분위기에 젖어 그럴 수 있을지도 모르겠네요.

그런데 말입니다. 제가 딱 한 가지 야단맞는 일이 있는데요. 낯선 사람에게 별스럽게 짖어댄다는 겁니다. 언젠가 위층 아주머니가 말했지요. 식구들은 다 순한데 저만 왜 이리 앙살스러운지 모르겠다구요. 말인즉 식구니까 닮는다는 전제로 한 얘기 아니겠어요. 그래도 좀 섭섭했습니다. 제가 그렇게 짖는 건 워낙 겁이 많아 자기방어를 하는 것이거든요. 그 버릇을 고치지 못해 손님이 오면 곧잘 방에 갇히는 신세가 되곤 했지만, 이젠 그것도 옛일이 되고 말았습니다. 요즘은 오히려 짖지 않는 저를 안쓰러워하네요. 아들도 몰라보는 치매노인처럼 식구와 남 구분은 고사하고 생각 자체가 없어진 것 같다고 말입니다.

사랑도 자기 하기 나름이라던가요. 제 자랑 같지만 사실 지금껏 크게 말썽부린 적이 없거든요. 예방접종 말고는 병원을 들락거린 적도, 휴지 한 장 저지레를 한 적도 없이 꼬리 흔들고 뒹굴며 재롱만 부렸지요. 아, 딱 한 번 식구들을 놀라게 한 적이 있긴 합니다. 벌써 몇 년 전 일이네요. 하필 이 댁 큰딸이 결혼을 앞두고 있을 때였습니다. 잇몸이 아파 끙끙 앓으며 몇 끼를 굶었는데도 결혼 준비로 바쁜 아주머니는 '그러다 말겠지' 하며 별 신경을 써주지 않으셨어요.

어느 날 사탕처럼 불룩한 혹을 만져 보고서야 야단이 났습니다. 부랴부랴 병원에 갔는데 암이 어쩌구저쩌구 하는 게 아니겠어요. 수술해야 하는데 너무 나이 들어 할 수 없다는 것 있죠. 하늘이 노랬습니다. 아니, 눈앞이 캄캄했습니다. 잔치를 앞두고 큰일을 치를까 걱정된 아주머니는 말을 잃었구요. 맛있는 거나 많이 주라는 의사 말에 집으로 돌아오는 내내 딸들은 눈물을 줄줄 흘렸지요.

돌팔이라고 툴툴대던 둘째딸은 아주머니가 외출한 사이 저를 몰래 큰 병원으로 데려갔지 않았겠어요. 얼마나 가슴이 쿵쿵거리던지요. 그러나 역시 같은 말을 듣고는 저를 안고 펑펑 울었습니다. 제 머리 위로 뚝뚝 떨어지던 눈물, 눈물이 그렇게 뜨겁다는 걸 그때 처음 알았습니다.

식구들은 한동안 말소리도 크게 내지 않았지요. 얼마간 가족들의 애를 그렇게 태운 후 기사회생, 혹이 사라지고 다시 기운을 차렸지 뭐겠습니까. 의사양반들 절대로 다 믿을 건 못 되더라구요. 지레 생목숨 잡을 뻔했지 뭐예요. 어쩌면 제가 착하게 살아 복을 받은 건지도 모르긴 하지만요.

한편으로는 평균수명 15년에 벌써 18년을 살았으니 사람으로 치면 80대 후반, 아니 90대 초반쯤 되나요. 그러니 의사들만 나무

랄 일도 아니긴 합니다. 까짓 '개 목숨'이라 하면 그만일 테니까요. 그런데 말입니다. 요즘 사람들 수명이 길어진 만큼 우리 수명도 늘어나지 말란 법이 있나요. 다만 눈도 침침하고 귀도 잘 들리지 않고 냄새도 예전처럼 잘 맡지 못하니 불편하긴 합니다. 가끔 다리까지 비척거리고 보면 솔직히 오래 살고 싶은 욕심은 손톱만큼도 없는데, 그래도 행여 또 병원 갈 일이 생기면 어쩌나 은근히 걱정되기는 합니다.

요새는 밥 먹고 종일 늘어져 자는 게 일과가 되어 버렸습니다. 구십 노인네 '산에 누우나 집에 누우나' 하는 농담처럼 오늘도 그렇게 비몽사몽 누워 있는데 문득 가끔 오시던 이 댁 외할머니 말씀이 떠오르지 않겠습니까. 날마다 머리에서 발끝까지 단장해 주는 걸 지켜보시며 "사람보다 더 호강한다"던 말씀 말입니다. 요즘 자식들에게서조차 외면당하는 노인이 많다는 소식에는 제가 괜히 죄스러울 때가 있거든요. 물론 저희 돌보는 것과는 차원이 다르지만 부모도 늙어 힘없고 병들면 돌봐 드려야 하는 것은 두말 하면 잔소리잖아요. 그런데 세상은 참 이상하게 흘러가나 봅니다.

저도 이제 그리 오래 남지 않았겠지요. 애초에 사랑받기 위해 태어난 것처럼 어려움을 모르고 살아왔지만, 그렇다고 마음 한 구석 아쉬움이 전혀 없는 것은 아니랍니다. 저를 빼닮은 자식 하나 남기지 못했으니 말입니다. 그것 생각하면 깔끔 떠는 아주머니가 좀 원망스럽기도 합니다. 딸들이 그렇게 졸라대도 '넓은 집으로 이사 가면' 하고 미루기만 하더니 그만 너무 늦어 버렸지 뭐예요. 뭐든 다 때가 있는 법인데. 나이 드니 임신도 쉽지 않더군요. 요즘 불임으로 고생하는 사람들이 많다지요. 자식 생각하면 이런저런 이유로 너무 미룰 일은 아니라고 강력히 말씀드리고 싶네요.

요즘은 이 댁 둘째딸 결혼 준비가 한창인데 저는 어떻게 헤어질지 정말 걱정입니다.

"까꿍, 핑키!"

둘째는 현관을 들어설 때면 언제나 "예쁜 핑키"부터 불러 좀 놀아주고 옷을 갈아입곤 하는데, 앞으로는 누굴 기다리며 무슨 재미로 살까요. 막내와 다른 가족들이 사랑해 주지 않는 건 아니지만 둘째의 사랑은 아주 특별하거든요. 제가 요즘 실수하고 오줌 발자국 꾹꾹 찍고 다녀도 둘째가 미리 막고 나서니 아주머니도 아무 말씀 못하신다니까요.

그래서 그런지 요즘 만사가 다 귀찮고 시들하네요. 씻겨 주는 것도 귀찮아 아주머니와 더러 실랑이도 합니다. 그나마 즐거움이라면 맛난 것 먹는 일이랄까요. 늘 바쁘던 아저씨가 퇴직 후 제 밥 당번을 맡고부터 메뉴가 확 달라지지 않았겠어요. 변에 냄새

난다고 사료만 주던 아주머니와는 달리 식탁에 앉으면 먼저 제 몫부터 따로 챙겨 놓으시는 아저씨 딕분에 뒤늦게 생선 맛, 고기 맛을 즐기고 있다니까요.

　더위도 추위도 모르고 여기까지 잘 왔네요. 원없이 사랑받고 살았습니다. 돌아보니 아득한 한편으로 하룻밤 꿈인 듯도 싶습니다. 세상 나들이, 이제 마지막 소원이라면 자는 잠에 편하게 가는 것뿐입니다. 그때까지 제발 정신줄 놓지 말아야 하는데 이렇게 오락가락하니 여간 걱정이 아니네요. 길고도 짧은 하루해는 또 저무는데 제 횡설수설이 좀 길어졌습니다. 모쪼록 양해 바랍니다.

절묘한 타이밍

막내딸 예비 시어른들과 상견례를 하는 날이었다. 11월 셋째 일요일, 늦가을인데도 바람 한 점 없이 따뜻했다. 점심 식사 두어 시간으로 인사는 끝났다. 큰 숙제를 마친 듯 홀가분했다. 오후 시간은 텅 비어 있었다.

집으로 돌아오는 길, 가을 햇살을 받아 반짝이는 강물과 아직 남아 있는 고운 단풍은 우리를 들뜨게 하기에 충분했다. 그날따라 메이크업이며 머리 손질에 특별히 신경을 쓴 딸아이와 나는 그대로 집에 들앉아 있기에는 아쉬운 생각이 들었다.

큰딸들도 전화로 계속 부추겼다. 막내와 나는 바람 쐬러 나가기로 합의를 했다. 그런데 남편은 내내 못 들은 척 반응이 없었다. 오늘 같은 날은 기분 좋게 드라이브라도 하는 게 좋겠다고 계속 구슬렸다. 일단 집에 가서 옷이나 갈아입고 보자던 그도 결국 응했다.

어디로 갈까. 막상 나가려니 마땅히 떠오르는 곳이 없었다. 낮에는 여의도에서 가을 한강을 내려다봤으니 저녁에는 가볍게 남산에 올라 늦가을 단풍 구경도 하고 오랜만에 서울 야경을 보면 좋겠다고 의견이 모아졌다.

케이블카 승강장에 도착하니 주차하기가 마땅찮았다. 주차장은 고작 열댓 대쯤 세울 수 있을 뿐이었다. 인근 식당에서는 주차를 미끼로 길에 나와 호객하느라 야단이었지만 아직 식사할 생각이 없어 그냥 지나쳤다. 왕복 2차선 도로 한편에 주차 공간이 몇 개 더 있기는 했지만 그 앞뒤로 이미 차들이 길게 세워져 있었다. 맨 앞쪽에 이어놓고 매표소로 향했다.

매표소 앞부터 장사진을 이루고 있었다. 탑승 대기 줄은 위층으로 이어져 끝을 알 수 없었다. 언제 케이블카를 탈 수 있을지 까마득했다. 다섯 시가 넘었는데도 꼬리는 계속 이어졌다. 이윽고 줄을 따라 2층 계단을 오르니 거기도 지그재그 줄 선 사람들로 빽빽했다. 벽에는 '여기서부터 40분 대기'라는 안내문이 크게 붙어 있었다.

어이쿠, 남편 눈치가 보였다. 성질이 그리 급하지는 않은데 유난히 기다리는 걸 싫어하는 사람인지라 잠시 망설였다. 담배를 피우러 몇 번이나 들락날락, 말은 없지만 분명 꾹 참고 있을 터였

분홍 꽃이불

다. 그러나 모처럼 나온 걸음인 만큼 그냥 모른 척, 꼬리를 따라 3층으로 올라갔다. 입구에 들어서니 '30분 대기'라는 노란색 안내문이 또 기다리고 있었다. 위층으로 이어진 줄의 끝은 아직 보이지 않았다.

슬슬 마음이 흔들렸다. 이렇게까지 해서 꼭 올라갈 필요가 있을까. 시끌시끌한 중국 관광객 물결 속에 선 채로 시간을 죽이는 것도 힘든데 올라간들 이미 우리가 생각하는 나들이는 아닐 것이었다. 와글와글 야시장 같은 남산타워를 생각하니 야경을 감상하며 호젓하게 저녁 식사나 하려던 우리 계획과는 멀어 보였다. 하지만 들인 시간이 아까워 한동안 주춤거렸다. 그러다 자칫 피곤해질 것 같다는 생각이 드는 순간 더 망설일 이유가 없었다.

표를 환불하고 나오니 벌써 어둠이 깔려 있었다. 그런데 뭔가 주변이 소란스러웠다. 가까이 가보니 견인차 몇 대가 이마에 불을 밝히고 주차된 차를 두부모 떼어 내듯 차례차례 끌어가고 있었다. 아뿔싸, 우리는 누가 먼저랄 것도 없이 앞쪽으로 냅다 뛰었다. 은행잎이 깔린 미끄러운 오르막길을 먹이를 뺏기지 않으려는 동물의 필사적인 몸부림처럼 헉헉거리며 달렸다. 마침 우리 차를 매다는 중이었다. 그야말로 간발의 차로 구사일생. 절묘한 타이밍에 웃음도 나고 기막히기도 했다.

매표소에서는 계속 표를 팔고 있는데 견인차는 대목을 만난

듯 부릉부릉 아주 신이 났다. 휴일 저녁, 가볍게 나들이 나온 사
람들 좀 봐주면 안 될까. 통행에 크게 방해되지도 않는데. 융통
성 없음이 못내 아쉬웠다. 아니, 어둠이 내리기를 기다렸다가 기
습하는 것 같아 은근히 화가 나기도 했다.

이마에 훈장처럼 딱지 한 장 붙인 차에 오르니 자꾸만 웃음이
나왔다. 밤늦게 야경에 취해 솜사탕 같은 기분으로 내려왔는데
감쪽같이 차가 증발해 버렸다면 얼마나 황당할 것인가. 특별한
날 들떴던 기분을 깡그리 망쳤을 걸 생각하면 절로 안도의 한숨
이 나왔다. 몇 번을 생각해도 그때 돌아서기를 잘했지 싶었다.

살아가면서 때로는 결정적인 순간 포기할 줄 아는 것도 지혜
로운 삶의 한 가지 방법이라는 걸 새삼 느꼈다. 대롱대롱 매달려
산 위로 올라가는 케이블카를 자꾸 돌아보았다. 그 안에서 불빛
구경에 취해 있을 사람들이 전혀 부럽지 않았다.

용산쯤 오다가 저녁으로 먹은 갈비탕이 입에 달았다. 우리는
눈만 마주쳐도 웃음이 터졌다. 괜히 나왔다가 딱지만 받았다는
남편의 불평도 오늘은 거슬리지 않았다. 그 말조차 달기만 했다.

3

고사리가 피면 한 번 모이고

봄이 시작되면 기다려지는 모임이 있다. 아니, 봄이 움트기 전부터 햇살 온기를 감지하며 은근히 손꼽는다고나 할까. 남편 친구들 모임이지만 어느 만남보다 즐거운 마음으로 기다린다.

남편 직장 동료 세 사람이 퇴직 후 정기적으로 만나온 지 십 년이 다 되었다. 서울과 창원, 산청으로 흩어져 있지만 매월 회비를 모으고, 일 년에 두 번 봄과 가을에 만난다. 이제 자유롭게 전국 어디든 맛있는 음식이나 찾아다니며 여유를 즐기자고 시작한 모임이다.

그런데 언젠가부터 봄에는 으레 산청에서 만나는 것으로 되어 버렸다. 지리산 자락에서 농원 펜션을 하는 친구네 집에서 몇 번 모이다 보니 고사리 꺾는 재미에 빠져 이제 봄에는 당연히 '고사리 모임'으로 굳어진 것이다.

산과 들에 고운 연둣빛이 번지면 남쪽으로 귀를 세운다. 시장에 햇고사리가 나오고도 한동안 지리산 소식은 감감하다가, 드디어 고사리가 피었다는 기별이 오면 출발신호를 기다리던 선수처럼 지체 없이 내달린다. 남녘으로 달리는 차창에 화사한 꽃들이 설렘을 부추기고, 산자락마다 보드레한 연두색이 번지는 풍경은 그대로 신이 그린 한 폭의 수채화다. 멀리 가까이, 점점이 끝물 산벚꽃이며 눈부시게 하얀 배꽃을 스치면 꼭 고향 가는 기분이다.

웅석봉 가는 길 초입, 친구네 농원은 읍에서 차로 채 십 분도 안 되는 거리지만 외돌아 앉아 더없이 한적한 별천지다. 경호강을 건너 조금 돌아들면 인근에 작은 사찰이 하나 있을 뿐, 골짜기는 온전히 친구네 왕국이다. 집 바로 앞에 물 맑은 저수지를 끼고, 아늑한 골짜기 양편이 모두 그 집 산이다. 경사가 급하긴 하지만 그 산에 고사리가 지천이라 우리 말고도 봄을 기다리는 사람들이 줄을 선다고 한다.

우리가 갈 즈음, 농원 주변은 온통 꽃 천지다. 분홍, 다홍, 하얀 꽃들이 대문 입구부터 앞뒤 뜰이며 펜션 주변까지 환하게 꽃불을 밝히고 있다. 산지기 초막 한 채뿐이던 골짜기에 덩실하게 새 집을 짓고 펜션도 꾸민 친구네는 버섯 재배도 많이 한다.

아이 셋 키우며 한창 힘들 땐 '시골에 금송아지가 있으면 뭐하느냐'며 매물로 내놓기도 했는데, 지금은 낙원이 따로 없다. 완전히 딴 세상이 되었다. 그동안 집 주변에 심은 꽃과 나무들이 십 년 세월의 키를 생생하게 보여 주고 있다.

풍성한 모란꽃 환영을 받으며 들어서니 창원 친구네는 벌써 산에 가고 없었다. 괜히 마음이 바빠졌다. 고사리가 우리를 부르는 것 같아 모란하고는 대충 눈인사만 하고 이내 등산화로 갈아 신었다.

나물 캐기는 다 재미있지만 그중에서도 나는 고사리 꺾기를 제일로 꼽는다. 의외로 남자들도 즐긴다. 솜털에 싸인 채 수줍은 처녀처럼 살짝 고개 숙인 부드러운 줄기를 똑 똑 꺾는 재미를 어디다 비할까. 글쎄, 또랑또랑한 알밤 줍는 맛에나 견줄까.

고개를 들어 비탈을 올려다보면 여기저기 통통한 고사리가 머리를 들고 있다. 눈에 띄기만 하면 가로막는 가시덩굴도 멧돼지가 마구 파헤쳐 놓은 흙구덩이도 개의치 않는다. 행여 놓칠세라 긁히고 미끄러지며 꺾고 돌아서면 또 저 아래쪽에서 한 무리의 고사리가 눈짓한다. 눈이 마주친 이상 그냥 돌아서는 경우는 좀체 없으니 경사 심한 비탈을 정신없이 오르락내리락, 그래도 그때는 힘든 줄 모른다. 멀거나 불편한 곳이면 눈길을 돌려버려도 그만이련만, 웬 욕심인지 모르겠다.

죽순이나 마늘쫑처럼 하룻밤 사이에 쑥쑥 자라는 고사리의 생명은 고작 이삼 일, 땅 위로 고개를 내밀어 채 한 뼘쯤 자라기 전에 채취해야 한다. 때를 지나 잠두簪頭처럼 야무진 곱슬머리가 살짝 펴지기 시작하면 한갓 쓸모없는 잡초에 지나지 않는다. 하루 이틀 때를 놓쳐 쇠어 버린 고사리는 아무리 지천이라도 헛것이다. 세상사 모든 것에 다 때가 있다는 사실을 새삼 깨닫는다.

어느 정도 바구니가 차면 그제야 취나물 쪽으로 눈을 돌린다. 취나물 캐기가 고사리 꺾는 맛에 미치지 못한다는 반증이다. 사실 고사리는 그리 많이 필요하지 않다. 백이숙제伯夷叔齊도 아니고, 그저 명절과 제사 때 쓸 만큼이면 되는데 순전히 꺾는 재미로 쉬이 포기하지 못하는 것이다.

취나물을 찾아다니는 것도 재미있다. 지난해 캤던 곳에 가면 역시 기대를 저버리지 않는다. 한참 캐다가 스산한 기운에 고개를 돌리니 장정 팔뚝만 한 뱀이 스윽 지나가고 있지 않은가. 혼비백산! 순간 몸이 굳어 버리는데 독사를 봤다는 얘기까지 들으면 이제 한 발짝 떼기도 무서워 그만 내려가자고 조른다. 땀범벅에 흙투성이지만 뿌듯한 얼굴로 넷이 줄 지어 산길을 내려온다.

저물녘 저수지 둑을 따라 걸으면 친구네 꽃 대궐도 산 그림자도 잔잔한 수면에 평화로운 풍경화로 잠겨 있다. 저수지를 낮게 가로질러 둥지로 돌아가는 새들 날갯짓도 정겨운 산촌의 해거름녁, 물빛 고요와 평온함에 뭉클 행복감이 차오른다.

저녁은 늘 그렇듯 읍내로 나가 맛닌 음식들을 앞에 놓고 술잔 나누면 세상 부러울 것 없이 정은 더욱 익어 간다. 기분이 고조된 주인은 집에 돌아와서도 기어이 노래방으로 불러들여 2차를 해야 직성이 풀린다. 아무리 떠들고 소리쳐도 뭐라 할 사람 없는 어둠 짙은 산골의 밤은 그렇게 깊어 간다.

산새들의 시끌벅적한 새벽 수다가 단잠을 깨운다. 전날 열심히 쏘다녀서 온몸이 뻐근하지만 눈에 아른거리는 고사리에 끌려 또 산에 오른다. 누가 시킨 일이라면 힘들다고 달아날지도 모르지만 좋아서 하는 일이라 지칠 줄 모른다. 상쾌한 새벽 공기, 밤사이 부쩍 일어선 고사리를 만날 기대로 걸음도 가볍다. 고사리는 솜털 가득 뽀얗게 이슬을 매단 아침에 눈에 더 잘 띈다. 옷이 젖는 것쯤 아무것도 아니다.

산봉우리 너머로 금빛 햇살이 퍼지면 우리는 산을 내려온다. 식탁엔 어김없이 정갈한 음식이 기다리고 있다. 갓 채취한 갖가지 신선한 나물에 솜씨 좋은 주인댁의 정성, 게다가 한바탕 아침 운동까지 했으니 한 공기로는 부족하다. 누룽지까지 알뜰히 챙긴다.

느긋하게 아침 식사를 하고 나면 앞산 허릿길을 따라 연둣빛에 물들며 산책으로 여유를 즐긴다. 나무들 사이로 건너다보이는 친구네 집은 꼭 동화 속 그림 같다.

별미를 찾아 점심을 먹은 후 바로 헤어진다. 고사리와 취나물에 친구네가 싸준 표고버섯까지 가득 싣고 돌아오는 길은 친정 다녀오는 듯 든든하고 배부르다.

만남이 있고 고사리를 꺾는 재미가 있는 지리산 자락의 봄. 누가 뭐래도 봄 모임은 이대로 쭉 계속했으면 싶다. 다산의 죽란시사竹欄詩社*에 비할 바는 못 되지만 우리는 해마다 고사리 필 때를 목을 빼고 기다린다. 벌써 또 내년 봄이 기다려진다.

* 정약용 형제와 친구들의 모임. 살구꽃이 피면 한 번 모이고, 복숭아꽃이 피면, 참외가 익으면, 연꽃이 피면, 국화꽃이 피면, 겨울에 큰 눈이 내리면, 세모에 화분의 매화가 피면 모이기로 함.

발소리에도 숨결이

밤이 깊어지면 귀는 현관문 앞에 서 있곤 했다. 퇴근이 늦은 딸아이 때문이었다. 예전에 키우던 핑키는 한밤중에 자다가도 식구들 발소리를 용케 구별했는데, 핑키가 없는 요즈음 나는 졸린 눈을 비비며 엘리베이터 문소리에 귀를 세운다. 오늘도 연신 시계를 쳐다보며 귀를 쫑긋거리다가 문득 발소리에 가슴 후들거렸던 기억들이 떠올랐다.

발령을 기다리며 한동안 부산 오빠네서 지낼 때였다. 집에 전화가 없어 친구와는 편지로 연락할 수밖에 없었다. 한번 만나려면 최소한 편지가 오갈 정도의 시간이 필요했다. 게다가 남자 친구 만나는 게 눈치 보여 조심스럽기도 했다.

그런데 집안일을 하거나 조카를 돌보다가도 유난히 귀에 끌리는 발소리가 있었다. 창문 너머 골목의 그 많은 발소리 중 한순간 감전되듯 나를 붙잡던 발소리. 뛰는 가슴을 누르며 나가보면 겸연쩍게 웃으며 서 있던 그 사람.

마음 문이 열리면 몸도 그쪽으로 기우는 것일까. 은연중 마음 가득 기다림이 자리하고 있었던 까닭일까. 어쩌면 대담하게 문을 두드리지 못하는 긴장된 숨결이 한 발 한 발 특별한 울림으로 그렇게 전해졌는지도 모를 일이다.

한편 그와는 다른 발소리에 가슴 졸였던 적이 있다. 신혼 시절 첫애가 한창 태동하던 무렵이었다. 싸그락싸그락, 싸그락싸그락. 그 소리에 잠이 깨었을까. 한밤중에 살얼음 밟듯 한 발 한 발 조심조심 시멘트 마당을 밟아 오는 소리. 앞마당을 꺾어 머리맡 창문 밑을 지나 부엌문 쪽으로 점점 들어오고 있었다.

온 신경이 곤두섰다. 오싹 한기를 느꼈다. 부엌문을 잠갔던가? 방 미닫이문은? 어둠 속에서 문 쪽으로 아무리 눈을 크게 떠봐도 헛일이었다. 급한 대로 부엌과 통하는 미닫이문을 붙잡기라도 해야겠는데 마음뿐, 온몸이 마비된 듯 꼼짝도 할 수 없었다. 몽둥이를 찾든지 불이라도 번쩍 켜고 싶은데 그 또한 생각뿐이었다. 요동치는 심장소리를 이불로 꾹 누른 채 숨소리도 죽였다. 주인집 안방과 벽을 같이 하니 소리라도 치면 될 것 같은데 언감생심, 침도 삼킬 수 없었다. 온 신경이 오직 귀로 쏠렸다.

그런데 잠시 조용해졌다. 방안 동정을 살피는가 싶었다. 숨이 멎이 버릴 것 같았다. 혼자 지는 내 사정을 아는 게 아닐까. 담 너머 공터가 늘 신경 쓰였는데 기어이 사단이 나고 말았는가.

심장이 터질 듯 숨 막히는 정적 속으로 뭔가 소곤거리는 소리가 들렸다. 혼자가 아니라니 몽둥이 따위가 무슨 소용일까. 아득한 절망에 포기하려는 자신을 스스로 달랬다. 까짓것 패물이며 지갑 몽땅 내줘 버리면 괜찮지 않을까. 하지만 그 생각도 잠시, 긴장이 도를 넘으니 퓨즈가 나갔는지 어느 순간 아무 생각이 없어졌다. 현실감 없이 그냥 멍했다. 될 대로 되라고 눈을 꼭 감아 버렸다.

그때 얼핏 여자 목소리가 들렸다. 일단 숨을 한번 내쉬고 귀를 더 바짝 세웠다. 숨 막히는 시간이 얼마나 흘렀을까. 다시 싸그락싸그락 돌아나가는 발소리, 비로소 숨을 크게 내쉬고 정신을 차리니 주인아줌마 목소리였다. 그만 맥이 풀렸다. 얼음장처럼 굳었던 몸이 한순간 해동 오징어처럼 허물어졌다. 승진시험을 준비하느라 집에 오지 않는 남편의 빈자리가 그렇게 크게 느껴지기는 처음이었다.

아줌마는 대체 무슨 일로 한밤중에 제 집에서 고양이 걸음으로 나를 초죽음에 이르게 했을까. 잠시 원망스럽던 마음도 이내 접었다. 도선생이 아니라는 사실만으로 절이라도 하고 싶었으니까. 친정어머니와 함께 사는 형편을 알기에 그럴만한 사정이 있나 보다고 내려놓았다. 하마터면 애 떨어질 정도로 놀라긴 했지만 그날 밤의 공포에 대해 끝내 아무 말도 하지 않았다. 깜깜 어둠 속에 숨죽여 걷던 곰처럼 뚱뚱한 모녀의 은밀한 발소리가 마음 바닥에 걸렸다. 그냥 모른 체하는 게 나을 것 같았다.

예전에 노스승께선 공부를 해 갈수록 걸음걸이도 더 예뻐진다고 말씀하셨다. 걸음 하나에도 많을 걸 느낄 수 있다는 말씀이었다. 이제 갓 돌을 지난 손녀는 발 떼기 시작하면서부터 줄곧 통통통 내달린다. 호기심 가득한 눈길로 늘 바쁜 아이를 보고 있으면 조마조마 내 숨결이 급해진다. 꽃 걸음 나비 걸음은 아니라 해도 서두르지 않고 내 리듬이 흔들리지 않는 발소리로 착실하게 걸어가고 싶다.

말을 잃었다

괭이밥

어느 햇살 좋은 날이었다. 발코니 청소를 하다가 멈칫했다. 하얀 벽면 가득 웬 파리똥이 새까맸던 것이다. 여름내 파리 한 마리 얼씬도 하지 않았는데 어떻게 된 걸까?

손으로 만져보고서야 알았다. 파리똥이 아니라 괭이밥 씨앗이었다. 실낱 같은 줄기, 밀알보다 작은 씨주머니가 무슨 힘으로 천장까지 까맣게 쏘아올릴 수 있었을까. 십 층 허공에서 본능적으로 느낀 위기의식에서 나온 놀라운 힘이었을까.

전에는 며칠마다 한 번씩 화분에 돋는 괭이밥을 뽑아냈다. 그러던 어느 날 문득, 저도 목숨 받아 살아보겠다고 저렇게 기를 쓰는데 내가 원하는 화초가 아니라고 너무 모질게 대하는 것은 아닌가 하는 생각이 들었다. 어느 시인은 화분에 아예 잡초를 기른다지 않던가. 그래서 한동안 내버려 두기로 했던 것이다. 끊임없이 피고 지는 노란 꽃도 귀여운 소녀처럼 깜찍했다.

겨자씨만 한 씨가 씻겨 가지 못하도록 착 착 쏘아붙인 놀라운 생명 의지에 나는 그만 말을 잃었다.

도토리거위벌레

장마철 신갈나무 아래에는 도토리가 수북했다. 익어서 저절로 떨어진 게 아니라 누군가 가지째 똑똑 잘라놓은 것 같았다. 채 익지도 않은 걸 왜 벌써 따 내리는지 아무래도 이해되지 않았다. 사람들이 하도 극성스레 주워 가니 이젠 동물들도 서둘러 양식을 비축하려는 속셈인가. 그러면서도 왠지 귀여운 다람쥐보다는 약삭빠른 청설모 짓일 것 같아 볼 때마다 혀를 찼다.

그런데 알고 보니 범인은 따로 있었다. 도토리거위벌레. 도토리가 채 여물기 전에 긴 산란관을 주사기처럼 도토리 속에 찔러 넣어 알을 낳고는 주둥이 끝으로 가지를 잘라낸단다. 그것도 떨어질 때의 충격 완화를 위해 반드시 잎이 달린 가지를 택한다는 것이다. 일주일 뒤 깨어난 애벌레는 도토리를 먹고 종령애벌레로 자라 껍질을 뚫고 땅속으로 들어가 겨울을 난다.

천적으로부터 애벌레를 보호하기 위해 도토리 속에 알을 낳고 그 도토리를 따 내리는 거위벌레의 지혜, 생명을 전하려는 뜨거운 삶의 진실에 나는 말을 잃고 말았다.

제비

연초록 싱그러운 오월 어느 날, 지인의 집에 제비 부부가 찾아왔다. 한동안 탐색을 하는가 싶더니 이내 집을 짓기 시작했다. 그런데 이상한 것은 처마 밑 외가닥 전선에다 집을 짓는 것이었다.

지푸라기와 진흙을 부지런히 물어와 제법 오목한 제비집 형태가 잡힐 즈음, 그만 사고가 나고 말았다. 역삼각형 모양의 제비집이 어느 순간 90도 회전해 버린 것이다.

제비 부부는 아는지 모르는지 다시 그 위쪽에 계속 지어 가는데 오히려 지켜보던 집주인이 애를 태웠다. 오래지 않아 또 돌아버릴 게 뻔해 마음이 급해진 주인은 눈치껏 서둘러 철사로 이리저리 얽어 단단하게 고정시켜 주었다. 그러고는 행여 제비들이 이상을 느끼고 집을 버릴까 봐 일손을 멈고 지켜보았다. 한동안 고개를 갸웃거리며 밖으로 돌던 녀석들이 알 낳기가 급했던지 다시 공사를 계속했다.

드디어 허공에 보금자리가 완성되고 한 달 남짓, 개나리꽃 같은 주둥이 네 개가 경쟁이라도 하듯 한껏 벌리고 시끄럽게 야단이 났다. 먹이를 나르는 부부의 힘찬 날갯짓도 더욱 바빠졌다.

멀쩡한 옛 제비집도 옆에 두고, 안정된 벽면도 마다한 것이, 진종일 눈 가늘게 뜨고 마당에 누워 있는 고양이 때문이었다니….

삶의 엄숙한 명령, 미물들의 생명 의지에 나는 또 할 말을 잃고 말았다.

그녀가 부럽다

이른 아침부터 또 시작이다.

드르륵 드륵 드르르륵. 옆 통로 어느 집에서 공사하는 소리가 꼭 우리 안방 벽을 뚫는 것 같다. 옆구리가 움찔움찔, 머리가 흔들려 아무것도 할 수 없다. 연일 한증막 같은 폭염에다 열흘이 넘는 열대야로 가뜩이나 지쳐 있는데 보름이나 계속되는 소음은 고문이다. 거실로 안방으로 좌불안석 맴돌다 보니 몇 년 전 그 일이 생각났다.

그때도 한여름 꼭 이맘때였다. 15층 사람들이 비를 맞으며 살림을 실어내기에 이사 가는가 했는데 집수리를 한다고 했다. 꼭대기 층이라지만 소음은 벽을 타고 건물 전체를 울렸다. 14층 아줌마는 더운데 밖으로 돌아다니기도 지친다고 만날 때마다 푸념을 했다. 그러나 저마다 형편이 있고 누구나 입장이 바뀔 수 있으니 이해 못할 일도 아니었다.

그런데 사람 마음이 변덕을 부렸다. 미리 공사기간과 양해를 구하는 안내문을 붙인 경우는 그러려니 잘 참아 주는데, 15층은 그러지 않았던 것이다. 하마 끝났나 싶으면 또 드르륵 쿵쿵 쾅쾅.

예상보다 훨씬 오랜 공사 후 다시 짐이 들어오고 바로 얼마 뒤, 마침 그 집에서 반상회를 할 차례였다. 한 달 넘게 단장한 집이 궁금해서 여느 때보다 많은 사람들이 모여들었다. 하필 불쾌지수가 가장 높을 때 동네가 시끄럽게 공사를 했으니 당연히 미안하다거나 고맙다는 인사 한마디쯤은 있을 줄 알았다.

그런데 그녀의 인사는 좀 특별했다. 거실 가득 사람들이 웅성거릴 때까지 화장대 앞에서 몸치장을 하는 것으로 대신했다. 반상회 때면 으레 내놓는 떡이나 과일, 과자 접시도 뚝딱 생략해 버렸다. 달랑 요구르트 하나 상에 올린 집은 처음이었다. 새로운 문화의 선구자가 될지도 모를 일이었다. 다들 집 구경하느라 부산을 떨었지만 한편으로 좀 뜨악한 분위기였다. 집 자랑에 상기돼 번질거리는 얼굴은 왠지 보기 민망했다.

오십 대 후반, 마른 몸에 어깨를 덮는 파마머리의 그녀는 향수 인심은 어찌나 좋은지 엘리베이터에 늘 짙은 향을 남기고 다녔다. 부부애 또한 대단해서 집 앞에서도 어른들 눈길 따위는 아랑곳없이 고목나무에 매미처럼 남편 팔에 매달려 떨어질 줄 몰랐다.

그녀의 유난한 가족 사랑은 출근시간에 더욱 빛났다. 곧잘 엘리베이터를 붙잡아 두는 바람에 이웃들의 원성을 샀지만 귓등으로 듣는 것 같았다. 지난겨울 강추위 때 하수구가 얼어 세탁기를 돌리지 말라고 계속 방송할 때도 역시 그녀의 배짱은 달랐다. 1층 아줌마가 거실로 넘쳐든 비눗물로 방방 뛸 때도 그다지 미안한 기색도 보이지 않았다.

그런데 더 재밌는 일은 14층 아줌마가 참았던 불만을 터뜨렸을 때였다. 그동안 소음을 피해 다니느라 힘들었다고. 오죽하면 글로 썼겠느냐고. 그 말이 채 끝나기도 전에 두꺼비가 파리 나꿔채듯 대뜸 자기네 덕분에 글 한 편 건졌다고 생색내는 게 아닌가. 그 놀라운 순발력에 우리는 그냥 마주 보며 푹푹 웃었다. 헛바람이 새듯 웃음 끝이 허전했다. 그러나 정작 그는 얼굴색도 변하지 않았다.

눈인사 정도 나누는 사이였지만 그나마 오래지 않아 이사를 가버려서 다행이었다. 만날 때마다 쓴웃음 짓지 않아도 되니까.

그런데 요즘도 가끔 그녀를 만날 때가 있다. 15층에 멈춘 엘리베이터를 볼 때면 어김없이 그녀가 떠오른다. 어쩌다 가끔 출근시간에 쫓기는 아이의 부탁으로 엘리베이터 버튼을 누를 때면 콩닥거리는 새가슴은 그녀를 그리워한다. 진정 그녀의 배짱이 부럽다.

배보다 배꼽이

저녁뉴스를 보다가 귀가 솔깃했다. 전국을 돌며 노인들의 쌈짓돈을 싹쓸이하는 약장사들을 적발했다는 보도였다. 지난여름 고향마을을 휩쓸었던 그 사람들과 같은 패거리가 아닌가 싶었다.

집 앞 버스정류장은 오후 여섯 시경이면 웅성거리기 시작했다. 일곱 시가 되면 쩌렁쩌렁 요란한 음악으로 온 동네를 울리며 사람들을 모시러 버스가 왔다. 긴긴 여름 해를 무료하게 견디던 할머니들이 즐겁게 기다리는 시간이었다. 이른 저녁을 먹는 둥 마는 둥, 더러는 들에 나갔다가 차를 놓칠세라 허겁지겁 달리기도 했다.

해마다 꼭 이맘때, 마늘 수확을 끝내고 시골 사람들 주머니에 돈푼이나 생길 때면 어김없이 찾아와 그 주머니를 어떻게든 짜고 또 짜냈다. 대부분 노인들인 농촌에서 마늘 농사는 참으로 힘든 작업이다. 한 알 한 알 일일이 손으로 쪼개 소독하고 심어 수확해 수매하기까지, 88번 손이 간다는 벼농사에 버금가는 농사를 짓자니 근력 빠진 몸들이 어찌 탈이 나지 않을까.

일이 닥치면 때를 놓칠세라 물불 가리지 않고 매달리지만 급한 일이 끝나면 으레 병원에 다니는 게 노인들의 일과다. 노선버스를 타면 전부 병원이나 보건소 다녀오는 분들이다. 그런 참에 꼭 맞춰 '코에 걸면 코걸이 귀에 걸면 귀걸이' 만병통치를 떠들어대니 누군들 솔깃하지 않을까.

모기에게 뜯기는 무덥고 짜증스런 여름밤을, 시원하게 에어컨 켜놓고 신나는 노래와 갖가지 공연을 보여 주며 집 앞까지 모시러 다니니 누가 마다하겠는가. 게다가 화장지, 비누, 식용유 등 날마다 선물을 듬뿍듬뿍 안겨 주니 순박한 사람들이 감동하지 않고 배겨날 수 있겠는가 말이다.

처음 한동안은 저렴한 물건으로 부담 없이 사람들을 불러모았다. 그러다가 점차 분위기가 무르익으면 고가의 상품을 밀어붙이는 상술이었다. 노인 치고 당뇨, 고혈압, 신경통, 관절염, 어느 한 가지 해당되지 않는 사람이 있을까. 그런 사정 훤히 꿰는 그들이기에 밀가루 반죽 주무르듯 요리 치고 조리 치고 '약장수' 수단을 맘껏 발휘하는데 걸려들지 않는 게 오히려 이상할 지경이었다.

그런데 문제는 시중가 8만 원 정도의 건강식품을 60만 원에 팔았다는 것이다. 그들이 무슨 자선사업을 한다고 날마다 그 많은 사람들에게 그렇게 선심을 쓰는지 조금만 생각해도 뻔한데, 달콤한 사탕발림에 꼼짝없이 넘어가는 순진한 사람들이 더 문제였다. 자식들이나 주변에서 아무리 말해도 이미 팔려 버린 귀에 들어오지 않으니 방법이 없었다. 더러는 부부싸움이며 시끄러운 집도 있었다. 그런데 한술 더 떠서 효과를 봤다고 감사장을 써 오게 하고는 또 선물 공세로 마구 추켜세우니 너도나도 경쟁을 벌인단다.

더 기막힌 일은 짜고 치는 고스톱처럼, 막장에는 승복 입은 사람을 데려다 특별히 복 있는 돈이라며 현금 6만 원씩을 거저 나눠 주고 약을 사게 했다니 혀를 내두를 수밖에 없었다. 마지막까지 버티던 사람들도 20만 원 상당의 전기요를 끼워 준다는 꾐에 웬 떡이냐고 결국 막차를 타고 말았다니 할 말이 없었다.

사람들끼리도 묘하게 경쟁을 부추겨 많이 사는 사람은 기를 살려 목소리를 자꾸 키워 주고, 사지 않는 사람은 주눅 들게 분위기를 조장한다니…. "우찌 꾀가 많으면 저리도 많을꼬!" 어머님 말씀처럼 할 수 있는 방법은 다 동원하는 것 같았다.

더위가 한창 기승을 부리던 지난 휴가철, 대천으로 바람 쐬러 가자는 문우의 전화를 받았다. 부담 없는 하루 나들이도 괜찮을 것 같아 따라나섰는데, 만 원짜리 관광이란다. 싼 게 비지떡이라더니, 대천항으로 유람선을 타러 가는 길에 두 군데를 들르는데 그만 꼼짝없이 당했으니 이젠 내놓고 웃을 수도 없다.

유명한 제약회사 이름의 건강식품 연구소에서 미래를 열어 갈 희망 물질 '태반'으로 만든 제품 설명이라 했다. '건강과 젊음'이란 말에서 온전히 자유로운 사람이 있을까. 번지르르한 말인 줄 알면서도 또 한편 믿고 싶고 의지하고픈 약한 심리를 교묘히 이용하는 그들의 거센 흔들림에 무너져 버렸으니, 아니 솔직히 욕심 때문이었다고밖에 달리 변명할 말도 없다. 아무에게도 말 못하고 혼자 속을 끓이면서 시골 할머니들 생각이 났다. 아들에게 그렇게 싫은 소리를 들으면서도 또 아들 건강을 위해 주머니를 털던 엄마도 생각나고. 주위 사람들이 그렇게 사들이며 으스대도 끝까지 꿋꿋이 버티던 어머님이 새삼 존경스럽기도 했다.

알면서도 넘어간 자신의 바보스러움. 꼭 귀신에게 홀린 것 같다고 곧바로 투덜대던 문우에게는 그냥 믿고 먹으면 좋은 효과를 보리라고 달랬지만 자신에게는 과연 얼마나 플라시보 효과가 있을지 모르겠다. 배보다 배꼽이 훨씬 더 컸던 여름 나들이였다. 선심 쓰며 찾아온 약장사도 아니고 내 발로 찾아들었으니 누구를 탓할 것도 없다. 그래도 좋은 경험이었다고 자신을 달래는 수밖에 달리 방법이 없겠다.

미역국을 끓이며

미역국을 끓인다. 산모와 아이를 위한 것이니 고기를 듬뿍 넣고 짜지 않게 정성을 다한다. 혹 물릴까 봐 가끔 조개를 넣어 끓이기도 하지만, 산후에는 한 달 넘게 내리 미역국을 먹어도 좀처럼 질리지 않는다. 아마도 우리 몸이 필요에 따라 반응하는 게 아닌가 싶다.

큰딸의 출산은 결혼한 지 4년 만이었다. 처음부터 2년쯤 신혼을 누리다 낳겠다고는 했지만 해가 지날수록 은근히 신경 쓰이던 터라 반갑고 고마웠다. 첫아이인데도 병원에 간 지 한 시간 만에 순산하더니 젖도 넘치게 많아 더욱 고마웠다. 직장까지 쉬면서 열심히 태교하고 운동하며 야무지게 준비한 보람이지 싶다. 사실 아이를 건강하게 낳아 잘 키우는 것보다 더 중요한 일이 있을까.

첫 손주라 기꺼이 산후조리를 해 주기로 했다. 건강이 시원찮아 아기를 키워 주지는 못하지만 산후조리만큼은 제대로 해 주고 싶었다. 산후조리원에서 2주간 있다 온다니 아무리 부실한 체력이기로 2주 정도야 어떻게든 못할까 싶었다.

꼬물꼬물한 생명이 신비롭고, 똘망똘망한 모습이 예뻐서 한동안은 힘든 줄도 몰랐다. 새 생명의 뜨거운 기운과 뿌듯한 설렘의 파장에 뭉게구름이라도 탄 듯싶었다. 그러나 산바라지가 마음만으로 되는 일이 아니라는 걸 알기까지 그리 오래 걸리지 않았다. 산모 식사 챙기고 아기 목욕만 시키고 나면 내 볼일 다 볼 수 있으리라 했는데 웬걸, 온종일 매달려도 부족했다.

제일 큰 문제는 전혀 예상치 못했던 갓난쟁이의 잠투정이었다. 아직 눈도 잘 뜨지 못하는 녀석이 날마다 새벽 한두 시까지 보채다니. 이건 단순히 밤낮이 바뀌는 경우와도 달랐다. 울음소리는 또 얼마나 크고 끈질긴지, 그냥 놔두면 새파랗게 숨이 넘어가게 생겼으니 기가 막힐 노릇이었다. 겨우겨우 재우고 돌아서는가 하면 이내 깨기를 반복해 수면 부족에 초비상이었다. 하지만 도무지 해결 방법을 찾지 못해 답답했다.

지친 산모 대신 아기를 재우느라 제대로 못 자니 슬슬 몸에 신호가 왔다. 최대한 잘해 주고 싶은 마음과는 달리 몸이 한계를 드러내고 말았다. 입술에 물집이 잡히고 몸이 처지기 시작했다. 눈 뜨기도 버거울 정도로 워낙 봄을 심하게 타는 데다 일이 겹쳤으니 각오만으로 되는 게 아니었다. 어떻게든 2주만 버티면 되리라 스스로 다잡는데, 2주가 다 되어 가자 내 사정을 모르는 딸아이는 더 있고 싶은 눈치였다. 억지로 보낼 수도 없고 난감했다.

　내 산바라지를 해 주시던 어머니 생각이 났다. 미역국을 끓이며 부쩍 어머니 생각에 젖었다. 훈훈한 미역국 냄새는 곧 어머니 냄새였다. 떠나신 지 십 년인데 요즘처럼 절절하게 생각난 적이 없었다. 새벽에 잠도 깨기 전부터 밤에 자기 전까지, 하루에 꼬박 일곱 번 머리맡에 상을 들고 와 깨우셨다. 큰 식기에 수북하게 담은 밥과 양푼 가득한 국. 아기를 위해서 많이 먹어야 한다며, 남기기라도 할라치면 붙어 앉아 채근하셨다. 막내로 나를 낳고 아기는 젖 달라 우는데 어머니는 배가 고파 베갯잇을 적셨다고 한다. 내가 허약한 것은 순전히 젖배를 곯은 때문이라고 늘 자책하시던 그 마음을 알기에 배부른 투정을 할 수도 없었다.

　세탁기도 없던 시절 기저귀 빨래는 얼마였으며, 연탄불 꺼뜨릴세라 밤에도 깊이 잠들지 못하셨다. 그뿐인가. 입맛 까다로운 사위 식사도 챙겨야 하고, 막내 때는 한여름에 위의 두 아이 건사까지 하셨으니 잠시라도 허리 펼 틈이 있으셨을까. 그에 비하면 내가 하는 산바라지는 일도 아닌 셈이다. 세 끼만 차려 주면 간식은 스스로 챙겨 먹기도 한다. 기저귀 빨래도 연탄불 걱정도 없다. 그런데도 눈으로 달력을 짚어가는 내 형편이라니….

여자들은 대체로 출산하면서 어머니 생각을 제일 많이 하게 된다. 나 역시 그랬지만 이번 딸아이 신바라지하면시도 어머니께 죄송한 마음이 새록새록 솟았다. 어머니니까 당연히 해 주시는 줄만 알았지 이렇게 힘든 줄 미처 알지 못했던 것이다. 그런데도 단 한 번 내색하지 않으시던 어머니 생각에 가슴이 저렸다. 딸 다섯에 며느리까지, 자그마치 손자 열다섯 산바라지를 해내셨다. 오십 대 중반인 내가 이렇게 힘든데, 우리 막내 때는 이미 육십 대 중반이셨다는 사실을 이제야 아프게 헤아린다.

행여 딸아이가 불편할까 봐 한사코 숨기려 했으나 결국 입술 물집이 나를 도와준 셈이랄까. 딸아이는 3주를 채우고 아쉬움 속에 저희 집으로 갔다. 어설프게 아기를 안고서.

내 눈엔 아직도 여리기만 한 딸아이가 이제 엄마가 되었다. 자신보다 더 아이를 사랑하며 더러는 열에 시달리는 아이를 안고 밤을 지새우기도 하고, 때로는 애를 끓이기도 하며 강한 어머니로 자리 잡아 갈 것이다.

세상에 어느 것 하나 쉬운 일이 있을까만 어머니란 이름의 무게를 다시 생각하며 어머니 생각에 젖는다. 알게 모르게 섭섭하게 해 드린 적은 얼마였을까. 무한한 그 사랑에 보답하지 못했다는 뒤늦은 반성은 또 무슨 소용일까.

길들이기

"다시 태어나도 지금의 남편과 결혼하고 싶으신 분, 손 들어보세요!"

강사의 한마디에 교실 안은 거품 사그라지듯 소음이 잦아들었다. 사십 대부터 칠십 대까지 다양한 연령층 백여 명이 모인 문화센터에서 그런 조용함은 참 드문 경우였다. 하긴 누구라도 한 번쯤 생각해 보지 않았을까. 생경한 정적 속에 모두들 웃음 머금은 얼굴로 두리번거렸다. 잠시 후 딱 한 사람이 손을 들었다. 육십 대 후반의 할머니. 어찌 시선이 집중되지 않았을까. 강사 또한 호기심 어린 눈빛을 반짝이며 그 이유를 물었다.

"지금껏 고생해서 이제 겨우 길들여 놓았으니까요."

순간 교실 안은 와르르 웃음소리로 무너져 내렸다. 길들이기의 어려움을 단적으로 보여 주는 한마디. 풀기 쏙 빠진 고분고분한 할아버지의 모습이 떠올랐다.

"그놈이 다 그놈이어. 아무래도 길들여신 놈이 낫제."

덧붙인 그 말에 다시 한 번 교실이 뒤집어졌다.

새 구두를 신고 외출했다가 또 고생했다. 새 신을 신으면 으레 좀 불편할 줄이야 알지만 그렇다고 언제까지 그대로 모셔 둘 수는 없는 일이었으니까.

어버이날 선물로 아이가 마련해 준 연한 황토색 구두는 앞부리가 날씬하고 적당한 높이에다 발등에 은은한 빛깔 보석송이까지 반짝거렸다. 더구나 겨우내 신던 검은색에서 벗어났으니 마음엔 벌써 경쾌한 발소리가 울렸다. 파스텔 톤 봄옷과 매치시키면 저절로 상큼한 봄 여인이 될 것 같아 근사한 외출이 기다려지기도 했다. 그런데도 한동안 모셔 두고 눈요기만 했다. 양가죽이라 부드럽다고는 하지만 그래도 새 신의 기억들이 자꾸만 주저하게 했던 것이다. 아이의 기분을 생각해서라도 이제 더 미루지 말고 이 봄이 다 가기 전에 발에 익혀야 될 것 같아 벼르고 나섰는데 어김없이 또 값을 치른 것이다.

새 신 이야기라면 잊히지 않는 친구가 있다. 단발머리를 갓 벗어난 시절, 모처럼의 데이트에 공들여 한껏 멋을 부리고는 아직 운동화가 익숙한 발에 새 구두를 신고 나갔다고 한다. 그날따라 하필 찻집이나 극장 데이트가 아니었으니…. 햇살 고운 남강 둑을 얼마나 걸었던지 눈물이 날 정도로 쓰라려 도저히 한 발짝도 더 걸을 수 없을 지경에 이르렀단다. 뒤늦게 사실을 안 남자친구는 미련퉁이라 놀리며 기막혀 했다. 하지만 그 덕분(?)에 업어주기도 하고 아무튼 빨리 정이 들어 일찍 결혼해 잘 살고 있다.

사람이나 물건이나 자신에게 맞게 제대로 길이 들어야 비로소 편안하고 진정한 자기 사람, 자기 물건이라 하겠다. 편안하다는 것은 입안의 혀처럼 있는 듯 없는 듯 아무런 걸림이나 불편이 없는 상태를 이르는 것 아니겠는가.

밭갈이할 때 길들지 않은 소는 코뚜레를 잡고 억지로 이끌어야 하지만, 일단 길을 들이고 나면 알아서 척척 농부와 호흡을 맞춘다. 길들이기까지가 늘 문제다. 예전에 어머니는 새로 무쇠솥을 장만하면 한동안 허연 쇠기름을 반질반질 발라가며 공을 들이셨다. 검은 윤기 반지르르한 무쇠솥이 부엌의 좌장으로 자리잡기까지 그런 과정은 필수였다.

요즘 신혼여행에서 헤어져 돌아오는 커플이 많다는 보도를 보았다. 서로 적응하는 과정을 생각지 않고 일방적으로 자기 방식만을 요구하는 성급함이 문제지 싶다. 생판 남남끼리 만나 이해하고 받아들이고 참는 노력 없이 하나로 화합하기가 어찌 그리 쉬울까. 그렇게 쉽게 헤어지고 또 다른 짝을 찾은들 꼭 필요한 그 과정을 고려하지 않는다면 마찬가지 아니겠는가.

오래 묵을수록 좋은 깃으로 흔히 포도주와 친구를 꼽지만 난 거기에 부부도 끼워 넣고 싶다. 발에 맞는 신발 같은 편안함, 말하지 않아도 눈빛만으로, 뒷모습으로도 속을 읽을 수 있는 연륜의 깊이가 느껴지는 은발의 부부. 세상 어느 것도 새것에서 시작되지 않은 것은 없다. 발이 아프면 양초를 문지르며 신는 시간을 조금씩 조절해 길들여 가듯, 서로 모나고 삐걱대는 부분을 서서히 궁굴리며 어울려 가는 게 우리네 삶의 모습이 아닌가 싶다.

갓 지은 새집보다는 삼 년 정도 지나서야 최고로 치듯 그만한 애정의 시간이 필요함을 어찌 부인할까. 손에 익은 연장의 가치처럼 그 과정을 인정하지 않을 수 없을 것이다. 텔레비전 프로그램에 아이들의 잘못된 습관을 교정하는 코너가 있다. 부모들이 두 손 들어 버린 아이들을 전문가의 도움으로 웃음을 찾는 과정을 늘 안타깝게 지켜보곤 한다. 어려움을 극복하고 비로소 누리는 평화와 행복을 보며 내 일인 듯 뿌듯한 감동에 젖는다.

발에 맞는 신발 같은 친구, 아름답게 해로한 부부의 모습 뒤에는 보이지 않는, 더러 굳은살이 생기기도 하는 그런 과정이 어찌 없었겠는가. 하고많은 인연 중에 내게로 온 귀한 만남에 감사한다면 서로 길드는 과정 또한 마땅히 받아들여야 하지 않을까. 우리 삶의 길에서 이 과정은 어쩔 수 없이 숙명처럼 계속 되리라.

산딸기 익어 가면

산딸기의 계절이다. 오솔길 주변 풀숲마다 산딸기가 지천이다. 후덥지근한 마른장마 중에 만나는 빨간 산딸기의 산뜻함은 더위에 지친 발길을 잠시 쉬게 하고 입가에 웃음을 번지게 한다. 반짝이는 그 붉은 유혹 앞에 동심으로 돌아가지 않는 이 있을까.

아침 이슬을 헤치며 콩밭 매러 가신 어머니가 호박잎 가득 싸다 주시던 검붉은 산딸기의 달콤함. 들에 가신 아버지가 보석 같은 열매 주렁주렁 달린 줄기를 통째로 꺾어다 주시면 보는 것만으로도 행복하던 시절이 아련하다. 막걸리 주전자를 출렁거리며 아버지를 찾아가던 들길, 손이 잘 닿지 않는 벼랑에 유난히 탐스런 산딸기에 끌려 손등 긁히며 용을 쓰던 기억도 새롭다.

산딸기가 익어 가는 시절, 시골마을의 한가한 정경들은 그대로 평화로운 한 폭의 풍경화다. 모내기가 끝난 무논에서는 개구리 때 와글와글 목청 높여 찍을 부르고, 뽀얗게 산을 덮고 특유의 향기를 풍기던 밤꽃도 눈 녹듯 사라지면 이때부터 숲은 한층 성숙해진다. 햇살의 강도가 더해지는 만큼 싱그럽던 신록이 점점 짙어지고, 각종 열매들은 제각기 단물을 채우며 굵어지느라 숨소리도 뜨겁다.

마을 어귀 정자나무 그늘에서 어른들이 졸고 있을 때면 '뻥이요!' 큰 외침과 함께 구수한 냄새는 단번에 동네 조무래기들을 불러모았다. 밤꽃이 필 때면 바람나기 쉽다 했던가. 귀 밝은 소식통이 아이들을 밀어내고 그렇고 그런 이웃 마을 얘기를 톱뉴스로 전하면 무료했던 사람들은 하나둘 졸음에서 깨어났다. 매앰 맴, 쩨요시 쩨요시, 매미들 합창이 어우러지면 시골의 여름 한낮은 그렇게 조금씩 기울어 갔다.

이른봄 개나리 진달래가 잠자던 땅을 환하게 깨우며 축제를 시작한 지 겨우 석 달. 그동안 오솔길을 장식했던 꽃들이 파노라마로 스친다. 개나리 진달래 뒤를 이어 찔레꽃 산벚꽃이 눈부시게 산을 밝히고, 이에 질세라 순백의 조팝꽃이 눈길을 사로잡으며 한동안 고운 봄을 노래했다. 눈꽃처럼 새하얀 얇은 꽃잎이 바람 없이도 하르르 떨어져 내리면 연이어 철쭉이 붉은 자태를 뽐내며 무르익은 봄을 절정으로 이끌었다. 죽은 듯 메마른 회색빛

나무들이 아카시꽃 향기를 진하게 풍기면서부터 숲은 점차 우거지고 생기를 더하더니, 이내 밤꽃 향기가 산을 접수하고 숲은 청년의 훈김을 뿜어냈다.

어느새 여름의 입구, 앙상했던 겨울 산은 까맣게 잊어버렸다. 밤꽃 떨어져 길게 누운 옆으로 초록 풀숲의 빨간 산딸기가 뜨거운 여름을 알린다. 잠시도 쉬지 않고 숨가쁘게 달려온 숲이 한바탕 소나기에 열기를 식힐 즈음, 숲의 숨소리를 들으며 가만히 생각에 젖는다. 늘 같은 산길이지만 시시때때 다양한 모습으로 변화하며 멈추어 있지 않은 숲의 생태. 우리 삶의 모습과 꼭 닮았다. 꼬물꼬물 새싹처럼 예쁜 아기로 세상에 와서 제각기 저만의 독특한 개성을 자랑하며 우주의 시계를 따라 변해 가는 생리. 난 지금 어떤 꽃의 계절을 지나고 있는 걸까. 어떤 향기를 품고 있을까. 주어진 삶을 감사로 받아들이고 맑은 향기를 가만히 품어 안으며 계절을 따라 자연을 닮은 모습으로 익어 가고 싶다.

사람들의 시선을 끄는 산딸기의 계절이 스치듯 반짝 지나가 버려도 뜨거운 햇살 아래 숲은 아직 싱싱한 푸름을 한참 더 누릴 것이다. 무성한 잎들은 자연의 오케스트라를 들으며 튼실한 알밤을 착실히 키워 가리라. 햇살 따라 바람 따라 가만가만 다져 가는 삶, 주어진 나날 속에서 작은 꿈을 키우며 깊어 가는 계절을 여유롭게 누리고 싶다.

바구니에 담긴 추억

'북촌생활사박물관'에 들어섰을 때였다. 제일 먼저 눈길을 잡은 것은 한쪽 구석에 놓인 바구니였다. 전화선으로 얽어 짠 검은 시장바구니가 오랜 지인인 듯 반갑게 말을 걸어왔다. 어머니가 쓰시던 것보다 더 엉성하고 볼품없지만, 보는 순간 동백기름 바른 반듯한 쪽머리에 하얗게 차려입고 읍내 장에 가시던 어머니가 떠올랐다.

장에 다녀올 테니 잘 놀고 있거라. 치마꼬리 붙잡고 따라나서고 싶은 마음이 목까지 차올랐으나, 차마 말을 못하고 삽짝에서 맴돌던 어린 나도 보였다.

버드나무 길게 줄 지어 선 보양 신작로 장꾼 행렬 속, 순이 엄마 영이 엄마 손에도 그 바구니가 들려 있었다. 내용물에 따라 울퉁불퉁한 모양새의 보자기에 비해, 선 채로 쑥쑥 물건을 집어

넣어도 바구니는 늘 매끈했다. 배부른 대바구니와도 달리 몸에 착 붙어 들기도 편했으니 요즘 사람들 명품 백 장만하듯 유행을 부르지 않았을까 싶다. 6·25전쟁이 끝나고 군에서 쓰던 쓸모없어진 삐삐선이 그렇게 재활용되어 인기를 누렸다는 사실이 재미있다. 누구의 아이디어였을까.

장에 가신 엄마를 목 빼고 기다리던 아이들은 실은 장바구니 속이 더 궁금했다. 생선도막이나 향내 나는 비누, 팔각성냥뿐 아니라 때로는 꽃신이며 눈깔사탕 몇 알도 들어 있어 마중 나간 아이들 입을 함빡 벌어지게 했던 시장바구니. 어쩌다가는 횟배를 앓느라 며칠씩 통째로 굶는 언니 입맛을 달랠 검붉은 능금 몇 알도 담겨 있어 침을 삼키게도 했다. 어머니는 고개 너머 외가에 가실 때도 여벌옷이며 버선, 소주병 등을 싼 보자기를 검은 바구니에 담아서 들었다.

뒷방 봉창 옆에 액자처럼 늘 걸려 있던 바구니가 언제 자취를 감췄는지는 기억에 없다. 플라스틱 제품들이 나오며 새로운 유행을 좇아가는 바람에 슬며시 밀려나지 않았을까.

바구니라 하면 보통 둥그런 대바구니가 먼저 떠오른다. 농촌생활에 절대적인 도구이자 여인들의 필수 휴대품. 들로 가나 산으로 가나 집을 나설 때는 칼이나 호미가 든 바구니가 바늘 가는 데 실이었다. 해거름녘 돌아오는 그 속에는 가지나 애호박, 풋고추 몇 개가 저녁 찬거리로 들어 있게 마련이다. 때로는 향긋한 산나물이 넘치게 담겨 오기도 했다.

뿐만 아니었다. 언니들은 곧잘 밖에 나갈 구실로 바구니를 들었다. 마실 가는 걸 엄하게 단속하는 어머니도 나물이나 조개 캐러 가는 것은 나무라지 않으셨기에 핑곗거리로 그만이었다. 동무들과 실컷 노닥거리다가 대충 채워 오기만 하면 되었으니까.

그뿐 아니었다. 동네 처녀총각들이 어른들 몰래 퍼내는 곡식 자루를 담는 눈속임에도 이용되고, 애벌 삶은 보리쌀을 처마 끝에 걸어 시원하게 보관하던 바구니로도 참 요긴했다.

햇살 부드러운 봄날이면 꼬맹이들도 바구니를 들고 쑥을 캐러 나갔다. 논둑 밭둑을 돌아 바구니가 웬만큼 차면 슬슬 꾀가 났다. 그러면 누가 먼저랄 것도 없이 바구니를 밀쳐두고 해찰을 하곤 했다. 가시덤불을 헤쳐 찔레순을 꺾어 먹고, 삐비를 뽑아 씹느라 시간 가는 줄도 몰랐다. 그러다가 해가 설핏 기울면 도둑맞은 듯 푹 가라앉은 바구니를 보고는 집에 갈 일이 걱정되어 수선을 피웠다.

급한 마음에 물가로 몰려가 살살 물을 뿌려 어르면 시들어 가라앉았던 쑥이 찬물에 세수한 듯 다시 생생하게 살아났다. 우리는 마주보며 만족한 웃음을 나누었다. 그러고는 칭찬받을 설렘에 불면 꺼질세라 발걸음도 조심조심 바구니를 모시고 사립문을 들어서던 일이 아련하다.

　하루같이 등에 아기가 떨어질 줄 모르는 사람은 아기를 업지 않으면 몸 둘 바를 몰라 허둥대듯, 여인들도 어쩌다 빈손이면 오히려 허전해했다. 하지만 오랜 세월 여인들의 땀과 정이 담긴 전화선 바구니도 대바구니도, 대바구니를 엮던 아버지들의 모습도 이제 박물관에서나 만날 수 있겠다. 검은 바구니를 든 시장길 어머니 모습도, 대바구니를 들고 아지랑이 들판을 누비던 친구들 모습도 이젠 아득한 추억 속 장면으로 그려볼 뿐이다.

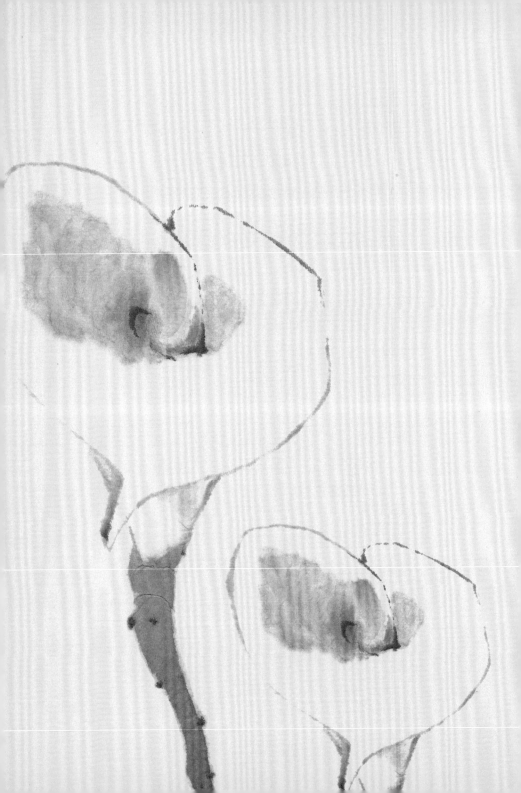

4

삼곡리 가는 길

웅천역에 내리니 정오를 조금 지나 있었다. 승객 몇이 함께 내렸는데 금세 모두 사라지고 우리 셋 만 남았다. 교수님을 뵈러 가는 길이었다.

작은 역사 마당엔 승용차와 트럭 몇 대만 주차해 있을 뿐 택시 가 한 대도 보이지 않았다. 기차가 지날 시각이면 몇 대쯤 기다리 고 있을 법한데 정적에 잠긴 횅한 분위기가 낯설었다. 몇 걸음 찻 길로 나가자 마침 택시 한 대가 다가왔다. 열린 창문으로 물었다.

"십리벚꽃길 삼곡리 아세요?"

교수님댁 주소가 얼른 생각나지 않아 기억나는 대로 들먹였다.

"교수님댁 가세요?"

순간 우리는 빵 터지고 말았다. 겨우 동네 이름만 댔을 뿐인데 우리 교수님을 바로 알아주다니! 아무리 시골이라지만 상상 밖이라 깜짝 놀랐다.

기분 좋게 출발한 택시는 넘치는 웃음으로 한동안 출렁거렸다. 그런데 기사의 다음 말에 또 한 번 웃음이 폭발했다. 꼭 교수님댁 가는 사람들 같았다나. 게다가 요즘은 편찮으신지 잘 보이지 않는다는 말까지 덧붙였다.

읍내를 벗어나니 버찌 익어가는 청청한 벗나무들이 양 옆으로 늘어서서 우리를 반겼다. 삼곡리로 가는 제법 낯익은 길, 조금 설레었다. 막 모내기가 끝난 물빛 반짝이는 들판을 가로질러 달리는 동안 교수님 모습을 떠올렸다.

글공부를 처음 시작하며 만난 선생님. 그러고 보니 어느새 이십 년이 다 되었다. 십여 년 전 보령으로 이사하시는 바람에 그동안 자주 뵙지 못했다. 처음 뵀을 때 칠십 대 후반이셨는데도 윤기 나는 고운 피부에 얼마나 멋지시던지 전혀 연세를 느낄 수 없었다. 수필 공부도 공부지만 삶의 참 다양한 양식을 주셨기에 강산이 한 번 변하는 동안 늘 즐거운 수업, 정이 흐르는 기분 좋은 만남이었다.

전쟁을 피해 혼자 월남해 살아오신 이야기는 언제 들어도 찡하다. 부잣집 외동아들로 곱게 자라 일본 유학도 다녀오신 분이 어쩌다 맨손으로 내려와 살아온 날들, 어머니 얘기만 나오면 지금도 울먹이신다. 이런저런 사정도 있었지만 자식들에게 고향을 만들어 주고 싶어 지방으로 옮기셨다. 올해 96세, 보령에 오셔서도 몇 해 전까지 강의를 계속하셨으니 그 열정은 따를 자가 없지 싶다.

월현산방, 선생님 댁에 들어서니 벌써 옷을 다 챙겨 입고 책상에 기대서서 기다리고 계셨다. 팔 벌려 꼭 안아 주시는데 부쩍 줄어든 키, 가벼워진 몸피가 느껴져 아릿했다. 구순에 가깝도록 흰머리 한 올 보이지 않으시던 선생님의 모자 밖으로 덥수룩한 하얀 머리가 눈에 걸렸지만 깔끔한 차림은 여전하셨다.

글쎄, 삼 년 만인가. 자주 찾아뵈어야지 하면서도 마음뿐, 너무 오랜만이라 면목이 없었다. 죄송한 마음이 앞서니 전화 드리기도 주저되곤 했는데, 언제나 절기를 챙기며 먼저 전화를 주실 때는 몸 둘 바를 모르겠다. 널따란 서재에 책상 몇 개를 배치해 두고 이리저리 옮겨 앉으시며 요즘도 끊임없이 뭔가 작업을 하고 계셨다.

손을 붙잡고 반가워하시는 사모님을 잠시 뵙고 밖으로 나가려니 뒤통수가 당겼다. 하지만 편찮아 바깥나들이를 잘 못하시니 어쩔 수 없는 일이었다. 매번 얘기에 목말라 아쉬운 눈빛이신데 선생님은 또 빨리 나오라 채근이시니 난감하기도 했다.

마침 선생님의 그곳 제자분이 와서 전망 좋은 바닷가로 안내해 주었다. 우리는 햇살 반짝이는 바다를 끼고 마주 앉았다. 선생님께서는 내려오기만 하면 다 알아서 하겠다고 호언하셨으니 잘 따르는 게 기쁘게 해 드리는 것일 터였다.

늘 그렇듯 식사는 뒷전이고 술잔을 건네며 말씀만 계속하셨다. 선생님의 식사는 언제나 우리들이 다 먹고 난 뒤, 국이며 찌개를 다시 데워야 한다. 한두 번은 예사고 세 번씩 데우는 때도 다반사다. 선생님은 예전부터 오직 소주를 고집하시는데, 실은 나도 선생님께 술을 배운 셈이다. 술도 한잔 못하면서 무슨 글을 쓰겠느냐고 밀어붙이신 덕분에 어느 사이 잔을 거부하지 않게 되었으니까.

그런데 잠시 놀랐다. 요즘 통 술을 안 하시다가 오늘 기분이 좋아 몇 잔 드신 게 문제였던가. 역류가 있다며 힘들어 하시면서도 꿋꿋이 버티셨다. 그나마 이내 안정을 찾으셔서 놀란 가슴을 쓸어내렸다. 마음은 훤한데 몸이 따라주지 않는 안타까움. 이제는 다 되었다는 말씀에 얼른 위로의 말을 찾지 못했다. 항상 스스로 관리를 잘 하셔서 강건하고 당당한 분으로만 알고 있던 우리도 선생님의 연세를 다시 느껴야 했다.

그래도 참 반갑고 고마운 일은 선생님의 제자분을 알게 된 것이다. 선생님이 그곳에서 열었던 아카데미 회장을 지낸 분인데 수시로 찾아뵙고 살펴드리고 있어 정말 안심되었다. 사모님이 갑자기 힘들어지면 한밤중에도 구급차로 서울까지 모시는 분이니 멀리 있는 자식보다 낫지 않은가. 마음뿐인 우리도 짐을 내려놓을 수 있어 고마운 한편으로 죄송함도 없지 않았다.

선생님은 바닥에 앉았다 일어설 때 조금 힘드실 뿐, 비록 지팡이에 의지하지만 아직 스스로 챙기실 수 있고 기억력은 여전히 놀라울 정도다. 노인 한 분이 돌아가시면 도서관 하나가 사라지는 것과 같다 했는데, 선생님은 과연 몇 개의 도서관에 비유할 수 있을까. 같은 얘기도 들을 때마다 새롭게 들리는 말씀이며 그 많은 지식들, 힘닿는 데까지 전해 주려 애쓰시는 마음에 우리가 미치지 못함이 안타까울 뿐이다.

날마다 어떻게 보내시냐고 여쭈니 지금도 책을 읽고 글을 쓰신단다. 일기도 빠뜨리지 않고 할 일이 너무 많다는 말씀에 내심 부끄러웠다. 그리고 시골 생활의 불편함 중 하나가 대화 상대가 없다는 말씀이셨다. 이제는 누가 찾아오지 않으면 사람 만나기도 쉽지 않으니 얼마나 적적하실지 짐작하고도 남는다. 오늘은 우리를 만나 일기 쓸 거리가 생겼다며 껄껄 웃으셨다. 이렇게 손잡고 함께 웃을 수 있다는 사실이 살아 있다는 확인이라는 말씀에 잠시 숙연해지기도 했다.

이번에도 선물을 준비해 두셨다. 지역 특산품인 맛난 김을 미리 주문해서 들기 쉽게 손잡이까지 꼼꼼하게 만들어 한아름씩 안겨 주셨다. 송구스러워하는 우리에게 시골에선 돈을 쓸 데가 없다며 떠미시는 선생님의 정을 어쩌면 좋을까.

숙제처럼 무겁던 마음을 내려놓고 선생님 앞에서 아이처럼 맘껏 웃고 떠들며 재롱부린 하루, 산뜻한 오월의 신록에 씻은 것처럼 홀가분해졌다. 찻집으로 옮겨 남은 아쉬움을 달래보지만 서로 깊은 속내는 그저 짐작만 할 뿐, 건강하게 잘 지내시는 모습을 뵙는 것으로 가슴 벅차게 행복했다.

깊은 포옹으로 작별인사를 나누는데 가슴 뭉클함은 뭔지 모르겠다. 돌아오는 차 안에서 이제는 정말 후회하지 않도록 일 년에 한 번이라도 꼭 찾아뵙자고 우리끼리 다짐했지만 과연 몇 번이나 더 뵐 수 있을지….

장항선 나들이를 모쪼록 더 오래 할 수 있기를 가만히 빌어 본다. 차창 너머로 길게 따라오는 노을이 오늘따라 참 곱기도 하다.

호건이

딩동, 스마트폰 알람 중 내가 제일 반기는 소리다. 딸아이 셋과 함께하는 단톡방은 수시로 아기들 사진이 날아들기에 일하다가도 그 소리만 나면 얼른 손을 닦는다. 아무리 바빠도 아무리 자주 딩동거려도 귀찮지 않은 소리. 예쁘지 않은 새싹이 없듯이 아가들은 어떤 모습도 사랑스럽다. 보고 또 봐도 싫증나지 않는다. 우는 모습조차 가슴을 녹인다.

오늘은 호건이 사진이 첫 번째로 날아들었다. 둘째딸의 아들 네 살배기 호건이. 신병처럼 짧게 깎은 머리가 잘 어울리는 밤톨 같은 녀석이다. 잘 빚은 찹쌀떡처럼 적당히 차지고 보얀, 내가 아는 엉덩이 중 가장 예쁜 엉덩이를 가진 아이다. 늘 호기심 가득 반짝이는 작은 눈이 오늘은 아예 보이지도 않는다. 장마 중 잠시 반짝하는 하루, 아파트 단지 앞 분수대에서 한바탕 뛰놀았나 보다. 머리에서 발끝까지 흠뻑 젖었다. 얼마나 신났는지 한쪽 다리를 꺾어들고 안팎으로 배배 꼬며 까부는 모습에 절로 입꼬리가 올라간다.

아빠가 외국에 나가 있어 일주일의 절반쯤 나랑 함께 지낸다. 자기 엄마가 강의 나가는 날은 내가 가서 동생과 함께 놀아주지만, 금요일 오후면 제 엄마가 어린이집에서 데리고 우리 집으로 곧바로 달려온다. 녀석은 오는 도중 전화하는 걸 잊지 않는다. 나 할머니 집에 가고 있어요. 할머니, 어디 계세요? 할아버지는요? 일일이 챙기는 한껏 들뜬 목소리. 먼지조차 미동도 않던 집안 공기가 순간 확 살아난다. 눈에 보이게 생기가 출렁이기 시작한다. 종일 입 한번 열지 않고 텔레비전 앞에 앉아 있던 할아버지가 선뜻 옷을 걸쳐 입고 마중을 나간다. 얼굴에 화색이 돈다.

지난봄에 받은 사진 중에도 아주 인상적인 장면이 있었다. 달랑 팬티만 입은 녀석이 싱크대 앞에 서 있는 사진이었다. 아침 식사를 하다가 뭔가 말썽을 부려 속상한 엄마가 방으로 들어가 버렸다. 얼마 후 물소리가 나서 살짝 내다보니 싱크대에 의자를 끌어다 올라서서 뭔가 하고 있더란다. 모른 척 가만히 문을 닫고 있었더니 얼마 후 들어와 말했다.

"엄마, 내가 설거지 다 해놨어요."

나가 보니 설거지통에 담긴 그릇마다 헹궈서 깨끗한 물을 가득 받아 싱크대에 나란히 줄을 세워 놓았더란다. 그런 녀석에게 어찌 더 화를 낼 수 있었을까.

또래보다 말을 일찍 시작한 녀석은 우리가 상상 못하는 말도 잘한다. 덕분에 나는 동시 몇 개를 그저 줍기도 했다. 하긴 시는 아이 눈으로 세상을 보는 것이라던가.

> 할머니!
> 나 어린이집에서
> 똥꼬로 토를 했어

자주 가는 시 카페에 〈설사〉라는 제목으로 올렸더니 반응이 대단했다. 시인 손자를 둬 부럽다는 말도 들었는데 며칠 전 또 한 편 건졌다. 그 조그만 입에서 나오는 말이 금세 피로를 싹 잊게 한다. 귀를 잘 기울이면 언제 또 시가 떨어질지 모를 일이다.

> 할머니!
> 나 엉덩이에서 불꽃놀이 했어
> 응? 뭐라고?
> 파방팡팡
> 엉덩이에서 불꽃놀이 했다고

불꽃놀이 현장에 가본 적도 없는 녀석이 어떻게 그런 생각을 했을까. 아주 절묘한 비유에 나보다 낫다는 생각이 들었다. 〈방귀〉라는 시도 꽤 인기가 높았다.

겨우 네 살배기가 수시로 동생과 엄마를 지켜 주겠다고 큰소리친다. 정작 이상한 소리라도 들리면 엄마 등을 떠미는 겁 많은 녀석이지만 빈말이라도 고맙지 않은가. 천방지축 꼬맹이가 아빠 빈자리를 의식하고 남자 행세를 하려 들다니, 대견한 한편으로 웃지 않을 수 없다.

말끝마다 "네, 엄마!" 평소 말을 잘 듣다가도 가끔 고집을 부리면 도무지 당하지 못한다. 한번 우기기 시작하면 어떤 말도 들으려 않고 폭발할 듯 벌겋게 치닫는 강세, 엄청난 승부욕에 손들지 않을 수 없다. 분명히 잘못인 줄 아는 때도 끝까지 절대 굽히지 않는다. 그럴 때는 기가 차서 살짝 밉다.

하지만 녀석은 어느 순간 타협할 줄도 안다. 생떼를 쓰고 막무가내 억지를 부리는가 싶지만 한순간 제 엄마 목소리가 달라지거나 상황이 여의치 않으면 전환할 줄도 아는 것이다. 어르고 달래던 어느 한 꼭지를 붙잡고 이내 눈꼬리를 내리며 보드라운 표정으로 돌아오는 귀여운 녀석이다.

녀석을 미워할 수 없는 이유가 또 있다. 잘못한 것은 얼마가 지나든 반드시 사과한다는 것이다. "엄마, 죄송해요." "엄마, 잘

못했어요." 처음엔 네 살배기 입에서 나오는 말이라 믿기지 않아 귀를 의심했다. 어쩌다가 아니라 어김없이, 99퍼센트도 아니고 100퍼센트 꼭 사과하는 꼬맹이가 참 신통하다. 아무리 머리끝까지 화가 났더라도 스스로 그렇게 사과하는 녀석 앞에 풀지 않고 달리 어쩌겠는가.

녀석에게 내가 혀를 내두르는 게 한 가지 더 있다. 약속을 지키는 일이다. 엄청 좋아하는 '헬로 카봇' '공룡 탐험대' '정글에서 살아남기' 프로그램도 두 개만 보자고 약속했으면 결코 어기는 경우가 없다. 제 엄마가 일이 덜 끝나 좀 더 봐줬으면 싶을 때도 약속했다며 기어이 돌아서는 녀석 앞에 할 말이 없다. 녀석에게 대충 임시방편으로 약속 같은 건 절대 하면 안 된다.

그런 녀석에게 결정적으로 한 가지 문제가 있었다. 손가락을 빨아야 잠이 드는 것이었다. 어릴 적부터 엄마 젖을 물고 자는 게 아니라 젖을 먹다가도 종내는 한쪽 손으로 이불자락을 만지며 손가락을 빨아야 잠이 들었다. 그러니 외출할 때도 이불은 필수였다. 어릴 때야 그렇다 쳐도 이제 바깥놀이도 하고 어린이집에도 가는데 위생 문제도 있고 더 이상은 안 될 일이었다. 속상하고 애가 타지만 도무지 방법이 없었다.

어느 날 제 엄마가 물었다. 대체 언제까지 빨 거냐고. 얼결에 "세 밤만"이라고 답했다. 엄마는 미심쩍으면서도 얼른 손가락을 걸었다. 아마 자기가 아는 제일 큰 숫자가 '삼'이었지 싶다. 강요로 되지 않는 일이기에 제 엄마는 설마 하면서도 하루씩 손가락을 꼽아 주었다. 어린이집에서도 낮잠시간에 애써 입술을 다 물고 주먹을 꼭 쥔 채 눈을 꿈쩍꿈쩍, 애를 쓴다는 보고가 왔다. 잠이 안 들어 뒤척거리는 모습을 보며 안쓰러웠지만 모른 척 가만히 지켜보았다. 딱 사흘이 지나자 거짓말처럼 뚝 끊었다. 기어이 약속을 지켰다. 기대하지 않았는데 정말 해냈다.

녀석 덕분에 나는 남편에게 시원한 펀치 한 방을 날릴 수 있었다. '네 살배기 호건이보다 못하다'고 말이다. 녀석의 손가락 빨기가 끝난 것보다 통쾌한 펀치를 날릴 수 있어 더 좋았는지도 모르겠다. 수시로 지청구를 들으면서도 여태 끊지 못하는 골초 할아버지는 귓등으로 넘길지라도 한 방 던지고 나니 속이 좀 후련해졌다. 녀석이 고맙다.

어린이집 방학이라고 두 주일 놀다가 갔다. 이런저런 일 다 내려놓고 아이들과 함께하는 시간은 순수로 돌아가는 시간이다. 깔깔거리는 웃음소리가 아직 귓전에 맴돈다. 고집이 있지만 사과할 줄도 알고 약속도 반드시 지키는 녀석, 개구쟁이 그 꼬맹이에게서 상남자 낌새가 느껴진다. 멋진 남자로 자랄 것 같은 기대가 있어 함께하는 시간이 마냥 즐겁다.

발길 헤매던 날

시장에 다녀오니 문이 잠겨 있었다. 조금 전 장 보러 나간다고 할 때 거실에서 텔레비전을 보며 한 마디도 없던 남편이 그 사이에 나가 버렸다. 느닷없이 한 대 맞은 것처럼 멍했다. 어쩌면 배신당한 느낌이랄까. 일시에 기운이 쑥 빠졌다. 보나마나 소주 한잔 하자는 전화에 바람처럼 나갔다는 것쯤 두말하면 잔소리다.

생판 낯선 사람 대하듯 냉정하게 외면하는 문 앞에서 난감했다. 절벽 같은 철벽에 대고 아무리 애원해 봤자 소용없는 일, 그저 눈만 껌뻑거리고 서 있었다. 그에게 전화하면 되레 한소리 할 게 틀림없었다. 한소리 듣는 게 싫어서라기보다 그런 전화는 가능한 하고 싶지 않았다. 문 열어 달라는 전화를 받으면 당장 다 떨치고 허겁지겁 오지 않을 수 없는 그 기분을 아니까.

어떻게 해야 하나. 늘 한밤중에 퇴근하는 아이는 기대할 것도 없고, 술자리에 간 사람이 일찍 올 확률 역시 한여름에 서리꽃 보기보다 더 낮을 것이다. 날마다 쫓기듯 동동거리며 살다가 갑자기 물꼬 터지듯 왈칵 밀려든 시간을 주체 못해 막막할 뿐이었다. 문에 기댄 채 이리저리 머리를 굴려 봐도 시원한 답이 떠오르지 않았다. 이웃집 벨을 누르기엔 가족들 퇴근시간이 가깝고, 누구를 만나러 나가기엔 내 행색이 별로다. 그렇다고 언제까지 계단에 죽치고 앉아 있을 수도 없고, 들어가지도 나가지도 못하는 내 신세가 나무에 걸린 연처럼 딱해졌다.

그래, 영화나 한 편 보자. 조용히 시간 때우기엔 영화감상이 그만이라는 생각이 드는 순간 답답하던 속이 한결 시원해졌다. 장바구니를 문에 걸어두고 곧장 동네 영화관으로 갔다. 상영관이 여럿이니 뭐든 한 편 보면 될 터였다. 혼자 영화 본 게 언제였더라. 남의 시선 따위 신경 쓸 것 없다며 용기를 내었는데 아무리 훑어봐도 볼만한 영화가 없었다. 아이들 연애 이야기, 애니메이션, 시끄러운 전쟁, 도무지 끌리는 게 없으니 어쩌면 좋을까. 가뜩이나 기분도 안 좋은데 시시하고 흥미 없는 이야기, 어지러운 소음 속에 억지로 들앉아 있을 수는 없는 일이었다.

허탈하게 돌아 나오는데 반짝 생각이 스쳤다. 스포츠 마사지. 지난번 등이 아파 고생할 때 큰딸이 사 준 티켓이 아직 남아 있었다. 새삼 고마운 생각에 발길이 가벼워졌다. 그런데 하필 가는 날이 장날이라니. 예약이 마감되었단다. 금세 서리 맞은 풀이 되어 심드렁하게 걷는데 네일 숍이 눈에 들어왔다. 언젠가 둘째가 선물해 준 티켓을 10회 중 겨우 2회나 썼던가. 시간도 아깝고 별 관심도 없어 미루기만 하다가 깜빡 잊고 있었는데 마침 아주 유용하게 쓸 수 있을 것 같아 부쩍 생기가 돌았다.

한바탕 소나기 지난 산길을 걷는 기분으로 들어섰는데 이건 또 무슨 일일까. 오늘 일진이 그런가. 거기도 예약이 마감되었다. 고개도 돌리지 않고 감정 없이 던지는 무심한 한마디에 한껏 부풀었던 풍선이 한순간 푹 쭈그러들었다. 잠시 현기증이 일었다. 유독 나만 예약 문화를 모르는 미개인 같아 뒤통수가 간지럽고 씁쓸했다.

혼이 빠져 버린 걸음으로 슬며시 문을 닫고 나오니 오래 눌러두었던 원망이 다시 고개를 들었다. 디지털 도어록으로 바꾸자 할 때 쓸데없는 짓이라던 그가 미워졌다. 아니다. 이제 와서 새삼 누굴 탓하랴. 진작 내 마음대로 해야 했는데 잔소리 듣기 싫어 뜸들인 내 잘못일 뿐이다.

불빛 하나씩 살아나는 거리, 갈 곳이 없어 축 처진 걸음에 슬슬 어둠이 포개졌다. 이 시간이면 정말 돌아갈 곳이 없는 사람들 심정은 얼마나 막막할까. 따스한 냄새 가득한 집으로 향하는 사람들을 멀거니 바라보며 어둠 쪽으로 몸을 돌리는 무거운 걸음. 색색의 눈부신 불빛이 오히려 원망스럽지는 않을까. 또 하루를 뉘일 곳을 더듬는 눈빛을 생각하니 가슴 밑바닥이 아득해졌다.

살며시 불평을 내려놓았다. 잠시 동안의 방황을 바로 끝냈다. 설마 열쇠가게까지 벌써 문을 닫은 건 아닐 거라며 늘어졌던 걸음을 재촉했다.

죽비 맞다

 봄꽃 같은 미소가 우리를 맞았다. 매뉴얼에 따른 발림웃음이 아닌 환하고 자연스런 웃음. 그 웃음 덕분에 처음 간 곳인데도 편안했다.

친구들과 송년모임으로 간 한정식집이었다. 우리를 도와주는 여인의 함박꽃 같은 웃음은 음식을 맛보기도 전에 기분 좋은 식사를 예감케 했다. 미색 블라인드 너머로 비쳐드는 금빛 햇살과 따끈따끈한 방바닥, 거기에 격의 없는 웃음이 더해지니 친구네 사랑방에라도 든 것처럼 푸근했다.

삼십 대 초반쯤 되었을까. 갓 씻은 참외처럼 단정한 여인은 사무적으로 주문을 서두르는 다른 종업원들과 달리 우리가 자리를 잡을 때까지 부드러운 눈길로 기다려 주었다. 몸에 익은 밝은 표정과 진심어린 자세는 스스로 즐겁게 일하고 있다는 것을 느끼게 하기에 충분했다. 정신없이 바쁜 점심시간에 종업원이 그런 여유를 갖기란 쉽지 않은 까닭에 음식점의 품격마저 다르게 보였다. 연변 억양이기는 하지만 상대를 편하게 해 주는 몸짓이 거리감 없는 친근한 이웃 같았다.

그녀가 음식을 준비하러 간 사이, 팁을 미리 주자는 말이 나왔다. 그녀의 친절에 다들 기분이 좋아져 뭔가 칭찬해 주고 싶었기 때문이다. 고마운 마음을 먼저 전하고 나면 더 즐겁게 식사할 수 있다는 계산도 얼마쯤 들어 있었으니 그야말로 '누이 좋고 매부 좋고' 아니겠는가.

힘든 일을 내색 없이 웃으며 하는 그녀가 참 인상적이었다. 세상사 마음먹기 나름이라고 그렇게 주인의식을 가지면 우선 자신이 즐겁고, 그 파장은 향기처럼 퍼져나가게 마련이다. 환한 웃음에 빗장이 열린 우리 수다는 한층 더 떠들썩해지고 고향집 아랫목처럼 따끈한 방바닥에 친구들의 정도 노글노글 익어 갔다.

예전에 일부 버스기사들이 승객들에게 친절히 인사하던 때가 있었다. "안녕하세요?" "어서 오세요!" "안녕히 가세요!" 처음에는 낯설고 어색하게 느껴졌다. 행여 안전운전에 방해될까 솔직히 좀 염려스럽기도 했다. 그러나 그런 적극적인 자세가 스스로 자부심을 갖게 하고 신바람을 부르는 방편일 것 같아 긍정적으로 생각하게 되었다. 기사의 밝은 기운이 차 안에 감돌아 나쁘지 않았다.

　그렇게 즐겁게 일하면 피로도 한결 덜하지 싶었는데 어쩐 일인지 그런 기사를 보기 어려워졌다. 그 대신 요즘엔 내가 먼저 인사한다. 집 뒤 종점에서 전철역까지 마을버스를 자주 이용하다 보니 얼굴을 아는 기사도 있지만 그와 상관없이 무조건 인사한다.

　세월 따라 어느새 넉살이 늘었는지 인사를 받건 안 받건 전혀 개의치 않는다. 기사들은 무심코 있다가 화들짝 놀라기도 하고, 혹은 귀찮다는 듯 마지못해 심드렁한 대꾸를 하거나 못 들은 척 무반응이지만 마음 쓰지 않는다. "안녕하세요?" 짧은 한마디지만 건네고 나면 작은 보시라도 한 것처럼 스스로 당당해지고 기분이 좋아지기 때문이다.

　행복해서 웃는 게 아니라 웃다 보면 행복해진다고, 살아가면서 어차피 해야 하는 일을 이왕이면 웃으며 하면 자신이 먼저 즐겁지 않은가. 멀리 낯선 곳에 와서 고생하면서도 행복을 만들 줄 아는 여인이 참 현명하다는 내 말에 옆자리 친구가 슬쩍 한마디 덧붙였다. 우리도 집에서 그렇게 하면 좋겠다고. 순간 뜨끔했다. 죽비를 맞은 듯 번쩍 정신이 들었다. 남은 칭찬하면서 정작 자신에게는 적용하지 못하고 있다니….

　집이란 장소가 아니라 사람이라 했는데, 아이들 모두 떠나고 둘만 남은 집에서 단 둘이도 잘 지내지 못하고 있는 자신을 돌아보았다. 남들은 제2의 신혼이라며 더러 부러워도 하건만 식탁에 앉는 시간 말고는 얼굴 마주 보며 웃는 일도 드물고, 이 방 저 방 서로 떨어져 별 대화도 없이 시간만 맥없이 흘려보내고 있는 것 같아 내심 켕겼다.

어떤 이는 '부부 사이는 조화가 아니라 동화'라고도 하던데, 우리는 사십 년 가까이 함께하고도 아직 이도저도 아닌 어정쩡한 상태라는 반성이 밀려들었다. 손주들이 오는 때 말고는 적막강산, 그야말로 따로국밥이 따로 없다.

누구도 대신해 주지 못하는 내 몫의 삶, 소중한 날들을 이대로 더 허비해서는 안 되겠다. 이제부터라도 좀 환하게 웃으며 살아야겠다. 종일 거실을 왕왕 울리는 종편 시청이 거슬리지만 적당히 귀 열어 주고, 전혀 뜻이 없는 사람에게 금연 성화도 이쯤에서 그만 포기할까 보다.

따지고 보면 괜찮은 면도 없지 않으니 웬만한 것들은 숨 한번 삼키고 눈감아 주자. 내놓고 말은 안 하지만 그 사람이라고 왜 불만이 없을까. 사는 게 뭐 별거라고. 본드라도 붙인 듯한 입 열리기를 기다리지 말고 의식적으로라도 자주 말을 걸며, 얼마가 될지 모르는 날들을 이왕이면 즐겁게 살아야지 싶다. 행복한 가정은 미리 누리는 천국이라 했으니 당장 낯빛부터 바꿔야겠다.

처처에 스승이라더니 한 해를 돌아보는 송년회 자리에서 깨우침을 하나 얻었다. 주어진 히루히루를 더 적극적으로 사랑하며 살아야겠다고 말이다. 부디 이 깨달음이 헛되지 않기를 가만히 다짐해 본다. 그래, 새해에는 먼저 어떤 꽃 웃음을 닮아 볼까.

초등학교 동창회

제주국제공항을 이륙한 비행기가 막 비행고도에 접어들었을 때였다. 하루 일과를 끝내고 수평선으로 넘어가기 직전의 그 순한 얼굴과 딱 마주치고는 가슴이 벅찼다. 서편 하늘과 구름을 곱게 물들이며 조금씩 아주 조금씩, 그러다 한순간 꼴깍 사라지니 세상은 그대로 정적이었다. 그제야 가만히 숨을 돌렸다.

황홀하고 아름다운 일몰을 공중에서 고스란히 지켜볼 수 있는 건 내게는 드문 행운이다. 지상에서 보는 석양과 왠지 다르게 느껴진 것은, 조금 전 친구들과 뜨겁게 손 흔들며 헤어진 고조된 기분이 그대로 남은 까닭인지도 모르겠다. 우리 역시 저렇게 곱게 저물기까지 변함없이 순박한 정 나누며 열심히 살아가기를 어둠이 깃드는 하늘에 조용히 염원했다.

제주에서 동창회를 하자는 의견이 나왔을 때 솔직히 좀 시큰 둥했다. 친구들 만나는 게 중요하지 번거롭게 거기까지 갈 필요가 있겠나 싶었다. 공항으로 나갈 때까지도 그냥 그랬다.

그런데 막상 제주공항에서 친구들을 만나고 보니 생각이 달라졌다. 두둥실 구름이라도 타고 온 듯, 풍선 높이 든 아이들 같은 설렘이 한껏 출렁이고 있었다. 멀리 바다 건너 색다른 곳에서의 만남은 흔치 않은 별미 같은 신선함을 안겨 주었다. 입맛이 없을 때 혀를 자극하는 새콤함처럼 그런 새로움이 필요한 시기였던 것 같다.

우리는 초등학교 시절로 돌아간 듯 와글와글 로비가 시끄럽도록 떠들며 서로를 반겼다. 여행은 어디를 가느냐보다 누구와 함께 하느냐가 더 중요하다더니 떠들썩한 우리의 특별한 추억 쌓기가 이미 예정되어 있었다.

소맷부리가 번질거리게 코를 훔치던 친구들이 어느새 사위, 며느리도 맞고 손자까지 본 사람도 더러 있다. 그야말로 훌쩍 어른이 되어 있었다. 그렇더라도 사람은 만나는 사람에 따라 변한다는 말처럼 초등학교 동창을 만나면 누구 할 것 없이 꼭 개구쟁이 그 시절로 순식간에 돌아가 버린다. 어떤 짓거리도 흉이 되지 않는 동기간 같은 친구들이다. 나이 들어가면서 챙기는 어른이고 체면이고 전혀 신경 쓸 필요 없이 한순간 순수의 시절로 빠져들 수 있는 아주 특별한 만남이다. 팍팍한 삶에서 잠시라도 숨통이 트이는 행복한 시간, 머리 희끗희끗 쉰 고개를 넘어선 사람들의 유치함도 우리끼리는 그저 웃음의 촉매제다.

하루에도 열다섯 번 이상 변한다는 제주의 날씨다. 아침에 구름 한 점 없이 기분 좋게 출발했는데 어느새 짙은 잿빛 하늘, 금방 좍좍 소나기가 쏟아지더니 언제 그랬냐는 듯 시치미를 뚝 떼고 거짓말같이 파란 하늘이 열리기를 반복했다.

변덕스런 날씨에도 계획했던 우리 일정에는 별 차질이 없어 그나마 다행이었다. 첫 코스, 국토 최남단 마라도는 날씨가 조금만 궂어도 허락되지 않는다는데 고맙게도 우리에게는 순조롭게 열렸다. 모슬포항에서 25분 거리, 그다지 멀지는 않지만 제주와 가파도, 마라도 사이는 워낙 물살이 거칠어 바람이 조금만 불어도 운항할 수 없다고 한다.

여름은 덥고 겨울은 바람이 매서운 곳. 국토 최남단이라는 의미를 제하면 그다지 특별할 것 없는 10만 평의 작은 섬일 뿐이다. 발을 딛는 순간 후끈 그 뜨거움이라니. 마구 쏟아지는 불볕을 피할 그늘나무 한 그루 없는 마라도의 인상은 그래도 참 깨끗했다. 공부를 안 해도 언제나 전교 일등일 수밖에 없다는, 학생이 한 명뿐인 아담한 마라분교가 정겨웠다. 그 옆에 전동카트를 세우고 초미니 학교를 배경으로 기념사진을 찍으니 치자꽃 향기

유난히 진하던 모교의 폐교가 새삼 아쉬움으로 다가왔다.

섬의 일주도로는 길어서 한 시간 거리, 맑은 공기를 마시며 천천히 걸어도 좋으련만 땡볕에 떠밀려 전동카트에 올랐다. '국토 최남단' 표지석까지 가면서 구경하는 것으로 섬 구경은 충분했다. 고작 주민 오십여 명인 섬에 교회와 절, 성당이 덩그러니 눈에 띄는 게 인상적이고, 해산물 자장면 집이 세 곳이나 되는 것도 재미있다. 수면 위로 불쑥 솟은 화산암 단애의 섬이고 보면 관광객을 상대로 살아가는 수밖에 없겠다.

섬이 고향인 우리들이건만, 눈길 닿는 어디 한 곳도 거칠 것 없는 수평선 앞에서 모처럼 시원함을 맛보았다. 이제 마라도를 떠올릴 때면 하얀 등대와 태양열 집적판이 이채롭던 언덕을 전동카트로 함께 넘던 친구들의 알록달록한 모습까지 그려질 것이니, 뜨거운 날 추억의 한 장면을 푸르게 새긴 셈이다.

'망아지가 나면 제주도로 보내라'던 제주에 왔으니 말을 만나보기로 했다. 65만 평의 광활한 '제주경주마목장'은 잘 가꾸어진 초원에 깨끗한 시설들이 돋보였다. 목장과 말 생태에 관해 목장장의 친절한 설명과 함께 40억 원을 자랑하는 종마들도 만났다. 늘씬하고 멋진 종마들은 제각기 개별 초지를 가지고 있고, 의사와 전문 관리사의 정기적인 관리로 최상의 보살핌을 받는다니 이쯤 되면 말 신세도 나쁘지 않겠다.

일 년에 봄 한철 교배를 하는데 처음부터 종마가 나서는 게 아니라, 만약의 불상사를 대비해(종마 보호) 기저귀를 찬 채 분위기를 만드는 시정마가 있다고 한다. 어느 순간 코를 씩씩거리며 억지로 끌려 나오는 말을 상상하며 제각기 쿡쿡거리는데 "어이쿠, 살다가 그런 신세는 되지 말아야지!" 어느 남자 친구의 한마디에 다들 웃음이 터졌다.

말 타기 체험장 에피소드도 곁들일까 보다. 입장하자마자 아무런 설명도 없이 무조건 말에 태우고 사진부터 찍어대더니 그대로 출발시켜 버렸다. 처음 타보는 말이라 긴장하기는 다 마찬가지였다. 그런데 하필 겁 많은 영심이에게 채찍을 쥐어 주며 엉덩이를 치라 했을까. 두 손으로 고삐를 붙들고도 무서운 판에 채찍질이라니. 시키는 대로 채찍을 들려니 목덜미만 보일 뿐이었다.

"영옥아, 말 엉덩이가 어딨노?"

영옥이라고 긴장하지 않았을까.

"가시나야, 엉덩이가 엉덩이에 붙었지 어딨기는!"

얼결에 한마디 뱉었지만 웃음을 참느라 죽을 뻔했다는 말에 차가 들썩거리도록 웃음이 폭발했다. 순엽이 역시 얼마나 얼었으면 안경이 떨어질 지경인데도 손가락 하나 꼼짝할 수 없더란다. 고삐를 잡고 가던 아저씨가 보다 못해 한마디 했다.

"아줌마, 안경 좀 올리세요!"

"난 손을 못 떼서 못하는데요!"

우는 소리에 아저씨가 대신 안경을 올려 주었다는 얘기에 다들 배꼽이 빠질 뻔했다. 일주일치, 아니 한 달치 웃음을 한꺼번에 웃었다.

버스를 타고 이동하는 내내 웃음소리로 줄곧 차가 출렁거렸다. 스타킹으로 거시기를 만들어 앞춤에 찬 짓궂은 여자 친구의 장난에 다들 자지러졌다. 얼굴이 벌개져서 어쩔 줄 모르는 남자 친구들 모습이 재밌어 점차 도를 더하고….

그 옛날, 그네 빼앗고 고무줄 끊어대고, 책상에 금 그어 연필 지우개 압수하고, 교문을 막고 못 가게 심통 부리던 머슴애들은 어디로 갔을까. 남녀 세력의 판도가 확연하게 바뀌었다. 그러고 보니 언젠가부터 남자들은 모두 버스 뒤쪽에 몰려 있었다.

쉰 고개를 넘고 보니 어쩔 수 없이 부끄럼이 숙어지고 기가 살아나는 여자들을 어쩌겠는가. 늘씬한 종마 앞에서도 괜스레 주눅 드는 남자들에게 이제는 오히려 마음 쓰이는 나이가 되었나 보다.

서로 이해하고 도우며 함께 살아갈 벗들이다. 고향과 부산, 서울 등지로 다시 흩어졌지만 고향의 따스한 정서를 고스란히 함께 지닌 우리들이기에 만나면 금방 세월을 뛰어넘어 하나로 어우러질 수 있음이 얼마나 소중한지 모른다.

신세대에게 밀려나는 쉰 세대의 야위어 가는 가슴에 은근한 모닥불을 지피고 따뜻한 정을 새롭게 다지는 우리의 만남. 서로에게 진정 힘이 되고 추억을 공유한 동지애를 다지는 소꿉시절 친구들의 끈끈한 정은 날이 갈수록 새롭다. 편안함이 느껴지는 초록 섬 제주에서 엮은 행복한 추억들은 살아가면서 무료할 때 두고두고 되새겨도 좋으리라. 나는 벌써부터 내년의 또 다른 만남이 기다려진다.

마지막 멀미

2014년 1월 17일 새벽 4시. 서울을 출발했다. 어머님이 그리도 가고 싶어 하시던 고향으로 가는 길.

영구차 아랫간에 어머님을 모셔 두고 자리에 앉으니 으슬으슬 한기가 밀려들었다. 성에 낀 차창의 냉기 때문만은 아니었으리라. 어머님과 영원히 이별하러 가는 길. 꽁꽁 얼어붙은 적막 속 가로등도 파랗게 떨고 있었다.

다리가 아픈 건 나이 탓이려니 하고 가끔 읍내 병원에서 주사만 맞으셨단다. 걸음이 불편하다는 말씀에 서둘러 모셔 왔는데 뼈암이란 진단이 내려졌다. 남은 날이 길어야 일 년이라 했다. 기가 막혔다. 어머님께는 절대 알릴 수 없었다. 바로 두 달 전, 생때같은 자식 하나를 암이라는 몹쓸 것에게 빼앗긴 어머님께 암은 곧 절망이란 말이기 때문이었다.

극심한 고통을 일러 '뼈가 아리는 고통'이라 하던가. 수술로도 한계가 있었다. 다리는 터질 듯 날마다 계속 부어올랐다. 당신 발로 한 걸음이라도 걸어보고 싶어 하셨지만 자칫 잘못하면 절단을 해야 한다는 경고에 어쩔 수가 없었다. 잠시도 손 놓고 쉬지 못하는 분이 꼼짝없이 병상에 붙들리셨다. 텔레비전 보는 재미도 모르시는 어머님에게는 병실 생활 6개월이 6년보다 길게 느껴졌으리라.

세상에서 구할 수 있는 맛난 것은 다 챙겨 드리고 싶었는데 당뇨가 문제였다. 당신 병을 알지 못하는 어머님은 오로지 혈당에만 신경 쓰며 먹고 싶은 걸 애써 참으셨다. 그래야 빨리 나을 수 있다는 믿음이 차돌 같았다. 살살 달래어 권해 보지만 매번 혈당 수치 앞에 스트레스만 더해졌다.

하루하루 마음을 졸이는 가운데 한계는 예상보다 빨리 오고 말았다. 여든둘, 아직 아까운 연세였다. 같은 차를 타고 가면서도 나란히 앉지 못한다는 사실이 이별을 실감케 했다. 위아래 칸이 곧 이승과 저승으로 갈린 셈이었다. 혹시 춥지는 않으실까.

따뜻한 봄날 화사한 꽃바람 속에서 축제처럼 보내 드릴 수 있다면 슬픔이 덜할까. 어머님 자리의 무게가 고스란히 내게 얹히는 중압감이며 이런저런 생각에 머릿속이 복잡한데도 며칠 못 잔 잠이 폭설처럼 쏟아졌다.

차는 한산한 고속도로를 거침없이 달렸다. 두 시간 남짓 지났을까. 차가 심하게 털털거렸다. 잠에 빠졌던 사람들이 고개를 들고 궁금해했지만 기사는 못 들은 양 아무 대답이 없었다. 차 안 공기가 약간 긴장되었다.

드디어 휴게소에 도착했다. 화장실에 갔다 나오니 사람들이 웅성거리고 있었다. 이런! 차체가 한쪽으로 푹 기울어져 있는 게 아닌가. 운전석 쪽 앞바퀴가 들릴 정도였다. 그것도 모르고 그렇게 내달린 것도 황당한데 기사는 전혀 원인을 알지 못했다. 예약된 화장 시간에 맞추느라 잠도 안 자고 출발했는데 낭패였다.

가까운 광양에는 보내 줄 영구차가 없다고 했다. 그렇다고 관광버스로 대체할 수 있는 일도 아니었다. 기사는 설명도 변명도 없이 아예 멀찍이서 배돌기만 했다. 정비도 제대로 안 했다느니 불평들이 터져 나왔다. 그러나 일은 이미 벌어졌고 방법을 찾는 게 급했다. 어머님을 모시는 길에 조금이라도 소란스럽게 하거나 마음 상하고 싶지 않았다. 결국 진주에서 차가 와서 교체하는 것으로 결론이 났다.

그러나 내 걱정은 무엇보다 관을 옮기는 일이었다. 휴게소의 많은 사람들 앞에서 다른 차로 이동시켜야 하다니. 아무리 망자지만 맨몸을 보이는 것처럼 부끄러울 것 같았다. 하지만 달리 방법이 없었다.

진주에서 차가 오기까지 한 시간 남짓 지체되었다. 옛날에 상여로 운구할 때는 상두꾼들이 중간에 더러 '망자가 가기 싫어한다'며 뻗대고 시간을 끌면 상주들이 상여에 올라 지폐를 몇 장씩 끼우곤 했다. 세상일 다 떨치고 노잣돈 넉넉히 쥐고 편히 가시라면서. 그러면 다시 요령 소리에 맞춰 상여가 기운차게 움직였는데, 지폐가 아니라 수표를 몇 십 장 끼운대도 움직일 수 있는 상황이 아니어서 기사를 불러 요기도 하며 시간을 보냈다.

황당하고 기막히던 일도 시간이 지나니 해결되었다. 차마 볼수 없을 것 같아 속이 아리던 옮겨 모시는 일도 내가 매점에 다녀오는 사이에 끝나 있었다. 그나마 남해대교를 건너기 전에 발견한 것은 참으로 다행스럽고 고마운 일이었다. 대교를 건너면이내 지그재그로 심하게 계속 꺾어 돌아야 하는데 생각만으로도아찔했다.

막내 시동생이 낮은 소리로 말했다. 뜨거운 것 싫어하시는 어머님이 조금이라도 늦게 가고 싶어서 그러신 것 같다고. 그러자번쩍, 한 생각이 스쳤다. 유난스런 어머님의 멀미. 평생을 따라다니며 어머님을 괴롭히던 그 멀미. 아무리 이승과 저승으로 갈리어 앉았다지만 벌써 잊어버리다니 섭섭지 않으셨을까. 시원한공기 속에서 쉬어 가고 싶으신 줄도 모르고⋯. 차창이 뿌옇게 흐려지며 울컥 뜨거운 것이 치밀어 올랐다.

날벼락

며칠 만에 뒷산에 갔다. 간밤에 한바탕 소나기가 지나더니 공기가 상쾌했다. 정자 앞 운동기구가 있는 마당에 이르니 뭔가 허전했다. 정자와 마당 사이에 있는 화단의 개복숭아나무가 감쪽같이 사라져 버렸다. 늘 그 자리에서 반기던 친구가 갑자기 사라진 것 같아 잠시 어찔했다.

며칠 전까지만 해도 밤톨만 한 열매를 매달고 청청하던 나무가 왜 갑자기 베어졌을까. 무성한 비비추 사이에 한 뼘쯤 남아 무안한 듯 노란 속살을 드러내고 있는 그루터기를 보니 가슴이 아려왔다.

서너 평 화단에서 한 길 반이 넘는 개복숭아나무는 대장 격이었다. 철쭉, 진달래, 개나리, 사철나무와 이웃하고 나리, 비비추, 금송화, 자주달개비 같은 풀꽃들과 어울려 아롱다롱 한 식구로 살고 있었다.

그런데 하루아침에 대장 나무가 쫓겨나고 만 것이다. 자세히 보니 개복숭아나무가 섰던 앞쪽 가장자리에 봉숭아 열댓 포기가 새로 입주해 있었다. 개복숭아나무 팔을 분질러 지주로 삼은 채. 뒤틀린 심사에 봉숭아도 그다지 반갑지 않았다. 겨우 봉숭아 몇 포기 심으려고 멀쩡한 나무를 찍어 냈나 싶어 속상했다.

혹 그늘 때문이었을까? 하지만 운동마당 쪽으로 기울어져 화단에 그늘을 드리울 일이 거의 없었다. 설령 그늘이 문제였다 해도 가지치기 정도로 충분히 해결할 수 있는 일이었다. 그럼 다른 유감이라도 있었던 것일까? 그리고 보니 열매가 제대로 익는 걸 본 적이 없긴 하다. 해마다 이맘 때 청매실만큼 자라는가 싶으면 여지없이 누군가 훑어가 버렸다. 어쩌다 잎 뒤에 숨어 한두 개 살아남은 걸 남몰래 눈으로 키워 가는 재미에 설레곤 했는데, 그마저 채 익기도 전에 매번 누군가 채어 가버렸다. 꼭 아끼던 보물을 도둑맞은 것처럼 허전했다. 문득 임보 시인의 〈개똥〉이라는 시가 생각났다.

맨 꼭대기에 매달린 감 하나 훔치려고
가장 먼저 오르다
뒤따라오는 놈이 흔드는 바람에

곤두박질 추락해 본 적 있는가

바이 터지고 팔이 부러진 채

고개 들어 하늘을 보았을 때

흔들었던 그 놈이 드디어 감을 따서

그의 아가리에 넣으려는 광경을 목격한 적 있는가

비록 그대가 세상에서 가장

선량하고 너그러운 마음의 소유잘지라도

그대는 아마 그때

총의 필요성을 비로소 느끼게 되고

감나무를 송두리째 베어 낼 거대한 톱을 상상하게 될 것이네

(하략)

 흔드는 재주가 없어 늘 당하기만 하는 시인은 불편한 심사를 "세상은 참 개똥이야" 하고 시로 읊었는데, 어느 행동주의자는 톱질로 표현하고 말았나 보다. 열매 하나 제대로 구경도 못하는데 과실나무랍시고 화단에 버티고 있는 게 울화가 치밀었던 것일까. 어쩌면 '개'자를 달고 있는 신통찮은 과일나무라서 만만하게 보았는지도 모르겠다.

 설령 그렇더라도 나는 못내 서운하다. 화단에 선 개복숭아나무의 효용가치를 꼭 열매로만 봐야 하는가 말이다. 운동하다 흘린

땀을 식힐 그늘을 주기도 하고, 태풍이 몰아칠 때면 나리꽃 아가씨 간들거리는 허리를 보듬어 주기도 하고, 삭막한 겨울에는 눈부신 눈꽃을 즐기게도 해 주지 않던가.

하지만 무엇보다 제일 섭섭한 건 복사꽃 보는 재미를 빼앗긴 아쉬움이다. 먼 남녘 어디쯤에서 봄소식이 들려올 무렵이면 날마다 연분홍 작은 꽃망울과 눈 맞추며 고향으로, 아니 도원경으로 데려다 줄 꽃구름을 기다리는 즐거움을 잃어버린 것이다. 봄 산에 오르는 즐거움 하나를 도둑맞은 마음에 휑한 바람이 일었다.

봉숭아를 다시 본다. 화초 몇 포기를 위해 멀쩡하게 잘 크고 있는 나무를 쓰러뜨렸다면 그 또한 용납이 안 된다. 사람이 심은 화초 몇 포기와 저 홀로 나서 열매를 달기까지 십 년이 넘게 꿋꿋하게 자라온 나무를 어찌 견줄 수 있겠는가. 살다보면 때로 날벼락을 맞듯 무고하게 당하기도 하는 세상살이. 운동마당 아래쪽에 나둥그러져 있는 나무를 차마 바라볼 수가 없다. 눈길 마주치기조차 민망했다.

화초들이 더 무성해지고 봉숭아가 붉게 피면 허전한 마음이 좀 달래질까. 그루터기에 다보록 새 움이 돋으면 헐은 내 마음자리에도 새살이 돋을 수 있을까. 쉽게 돌아서지 못하고 미적거리는 등 뒤로 미루나무 지나는 바람이 강물 소리로 흐르고 있었다.

푸대접

어스름이 내리는 풀밭에 흰나비 세 쌍이 앞서거니 뒤서거니 팔랑대고 있었다. 고단한 일과를 끝내고 하룻밤 편히 쉴 곳을 찾고 있는 것 같았다.

깜찍한 개망초꽃 주변에서 한참을 맴돌았다. 앉을 듯 말 듯 앉을 듯 말 듯. 잠시 앉는가 하면 이내 떨어지기를 몇 번이었을까. 그러면서도 다른 데로 가지 않고 느린 날갯짓으로 계속 접근을 시도했다. 실로 대단한 끈기였다. 아무래도 청이 잘 받아들여지지 않는가 보았다. 문득 떠오르는 시조 한 수.

나비야 청산 가자 범나비 너도 가자

가다가 저물거든 꽃에서 자고 가자

꽃에서 푸대접하거든 잎에서라도 쉬어 가자

그렇구나. 푸대접. 깜찍한 개망초꽃이 전혀 곁을 주지 않는 모양이었다. 곧 어둠이 내릴 텐데 어쩌면 좋을까. 갑자기 안쓰러워졌다. 대신 청해 줄 수도 없기에 숨을 죽이고 이들의 교신을 지켜볼 수밖에 없었다. 나비들은 끝내 그 옆 풀잎에서 날개를 접었다. 그러고는 죽은 듯 전혀 미동도 안했다. 많이 지쳤나 보았다.

하룻밤의 인연, 나비에게는 결코 짧지 않은 시간이기에 그토록 간절했는지 모르겠다. 순한 얼굴과 달리 그걸 허락하지 않는 개망초꽃이 참 야박스러워 보였다. 이왕이면 향기롭고 보드라운 꽃의 품에서 쉬고 싶은 나비의 꿈이 무참히 좌절된 아쉬움이 못내 애잔했다.

우리 어머니들은 자기 집 문안에 들어오는 사람이면 누구든 홀대하지 않으셨다. 그 어려운 시절에도 식사 때면 숟가락 하나 더 얹어 부족한 대로 정을 나누며 맨입으로 보내는 법이 없었다. 하다못해 찬물 한 그릇이라도 떠다 목이라도 축여 주고 해 저물면 나그네의 유숙도 다반사였다. 목마른 나그네에게 버들잎 띄운 물바가지는 우리의 오랜 정이고 좋은 인연 쌓기로 당연시했건만, 지금은 우리네 인심도 많이 변했다. 아이들에게 낯선 사람은 무조건 경계부터 하라고 가르치는 요즘 세태로서는 전설의 고향만큼이나 먼 옛날이야기가 되고 말았다.

사랑은 얄궂은 순간의 장난, 타이밍의 예술이라며 유행가에서는 스쳐가는 인연을 잘 잡으라 하는데 나비와 개망초꽃은 누가 다이밍을 잘못 맞춘 걸까. 불가의 인연설로 보사면 개망초꽃이 선업을 쌓을 기회를 놓친 것 아닐까.

다음 날 꼭 그 무렵, 다시 개망초꽃 주변을 팔랑팔랑 하염없이 맴도는 나비들의 꿈. 어둠이 내리기 전에 열 번쯤 더 찍어 보면 어떨까. 발이 저리게 쪼그리고 앉아 혼자 마음을 졸였다. 그러나 끝내 또다시 풀잎에서 날개를 접는 뒷모습이 슬프게 흔들렸다. 꿈속에서라도 열 번 아니 백 번쯤 찍어 보면 마침내 뜻을 이루게 될까. 개망초꽃 속내도 모르면서 나는 괜히 혼자 애를 태웠다.

호박이 있는 풍경

호박이 넝쿨째 굴렀다던가. 꼭 그런 기분이었다. 햇살 고운 가을의 절정에서 구릿빛으로 잘 익은 호박 한 덩이를 담쑥 안고 보니 갑자기 가을의 주인이라도 된 느낌이었다. 지난 추석 때 시골 시댁에 가서도 얻지 못했던 호박이기에 더욱 반가웠다.

해마다 가을 끝 무렵이면 함지박처럼 풍만한 호박 한 덩이를 거실 한편에 들여놓곤 했다. 찬바람이 매서운 겨울 내내 고향의 따스한 정이 뭉근히 배어나는 것 같아 보는 것만으로도 참 푸근했는데, 올해는 유난히 장마가 길었던 때문인지 호박 구경하기가 어렵다는 어머님 말씀에 조금 아쉬웠던 터였다.

그런데 전혀 예상치 못한 곳에서 뜻밖의 횡재(?)를 했다. 하동 평사리에서 열리는 토지문학제에 가는 길에 들른 함양휴게소에서였다. 입구 왼편에 동산처럼 쌓인 크고 작은 호박은 파는 게 아니라 휴게소를 이용하는 손님들에게 일정기간 무료로 나눠 주고 있었다. 요즘 세상에 드물게 후덕한 인심, 고향 남도지방의 따뜻한 정이 뿌듯했다.

살이 두껍고 잘 익은 탐스런 호박은 마음뿐, 전세버스를 이용하는 형편이라 자신이 감당할 수 있는 한도 내에서 선택해야 했다. 무조건 제일 작은 걸로 골랐다. 풍만함 대신 깜찍한 매력도 두고 보기에는 괜찮을 것 같았다.

햇살 가득 품은 작은 호박 한 덩이가 집안에 가을 분위기를 물씬 자아냈다. 반질하게 윤기 나도록 닦아 놓고 흐뭇한 눈길로 쓰다듬으며 정 들이기도 고작 며칠, 내 뜻과는 다르게 도마 위로 올려야 했다. 함께 호박을 가져온 문우의 "겉과는 달리 속이 상했더라"는 말이 못내 신경 쓰였던 까닭이었다.

문득 지난 추석 때 일이 겹쳐 떠올랐다. 떡을 하려고 빛깔 좋은 호박을 자르다 깜짝 놀랐던 기억이다. 겉은 아주 멀쩡했는데, 반으로 가르자 호박색으로 연하게 물든 하얀 벌레들이 통통 튀어나오는 바람에 얼마나 놀랐던지. 더구나 문우의 매끈한 호박에 비하면 상처 자국이 워낙 많은지라 무심코 들어 넘기기에는 아무래도 안심되지 않았다.

곁에 두고 겨우내 마음을 데우려던 미련을 떨치지 못해 며칠 버티다가 결국 칼을 들었다. 아, 달콤한 냄새. 잘 익은 호박의 향기 못지않게 발간 속살이라니. 주황색 플라스틱 바가지에 담으니 어찌 그리도 똑같은 빛깔일까. 부드러운 풀밭에 앉지 못하고 돌밭에 이리저리 치인 상처였을 뿐, 악조건을 견디고 속은 정말 제대로 여물었는데! 하지만 이미 깨어 버린 바가지인 걸 어쩌겠는가.

볕바른 창가에 앉아 호박 껍질을 벗기자니 엄마 생각이 났다. 서리가 내리는 이맘때면 엄마는 늘 집안 가득 단내를 풍기며 호박고지를 만드셨다. 호박을 빙 돌려가며 두툼하게 잘라 짚으로 엮어 처마에 매달고 서리를 맞혀 가며 말리면 설에 아주 맛있는 곶감떡 재료가 되었다. 호박고지를 물에 불렸다가 설탕에 재어 찹쌀가루에 섞고 팥고물을 켜켜로 놓아 만든 달콤한 떡을 우린 그렇게 불렀다. 호박이 아니라 이름 그대로 곶감처럼 정말 쫀득쫀득 달콤했다.

주황빛 호박을 잘게 채 썰어 달큰한 부침개를 부쳤는데 기대와는 달리 아이들의 반응은 그저 그랬다. 쌩쌩 찬바람이 전신주를 울리던 날, 따끈하게 호박 부침개를 부치면 오물오물 맛있게 드시던 엄마가 오늘따라 자꾸 생각났다. 찹쌀 옹심이 넣고 강낭콩 알맞게 씹힐 정도로 차지게 끓여 주시던 호박죽도 혼자 먹으면 그 맛이 나지 않을 것 같다.

호박 반쪽은 적당히 썰어 냉동실에 발갛게 얼려 두었다. 눈이 펑펑 내리는 날 엄마 생각 고향 생각 날 때 주방 가득 허연 김을 채우며 호박죽을 끓여 향수를 달랠까 보다.

동의보감에서 호박은 오장을 편하게 하고 눈을 밝게 하는 식품이라 한다. 산모의 부기를 빼는 효능은 이미 알려져 있고, 위장이 약한 사람이나 회복기 환자는 물론 성인병 예방에도 아주 그만이란다. 호박은 열매뿐 아니라 꽃, 씨, 잎까지 버릴 것 없는 그야말로 웰빙 식품이다.

냇가 건너 산밭에서 목이 아프게 이고 와 집안 구석구석 쌓아 놓던 흔하디흔한 호박. 겨울이 지나면서 결국 소 먹이로 던져지던 호박이 요즘은 인기 짱이다. 세월을 잘 만나고 볼 일이다. 안도현 님의 시 한 편을 대입해 본다.

연탄재 함부로 차지 마라
너는
누구에게 한번이라도 뜨거운 사람이었느냐

〈너에게 묻는다〉 전문

여성들에게 호박이니 호박꽃이니 그렇게 함부로 놀리지들 마시라. 그대는 그렇게 후덕한 호박꽃, 푸짐한 호박 한 덩이만큼이나 남을 넉넉하고 따뜻하게 데워 본 적 있는가. 호박 같은 사람이라면 어디 한 점 버릴 것 없는 푸근하고 고마운 사람이란 걸 제대로 알고나 하는 말씀이신지.

몇몇 이웃들 둘러앉아 뜨거운 호박죽을 후후 불어가며 발간 웃음꽃 피우는, 소박한 정을 나눌 눈 내리는 날이 기다려진다.

다만 사랑하라

정월대보름 아침이었다. 마침 일요일이라 느긋하게 시작하려다 문득 그의 등산 메모가 생각나 서둘러 오곡밥을 안쳤다. 나물이야 어제 미리 손질해 두었지만 도시락 반찬도 만들어야 하고, 아무래도 평소와 달리 챙겨야 할 것들이 많아 손길이 바빴다. 구수한 냄새를 뿜으며 밥이 한창 끓고 있는데 그가 쌩 찬바람을 내며 배낭을 메고 나섰다. 한마디 말도 없이.

어이가 없었다. 다른 날도 아닌 대보름날에 아침밥도 안 먹고 집을 나서다니. '설은 나가서 쇠고 보름은 들어와서 쇤다'는 말도 있는데 참 황당했다. 삐쳐도 단단히 삐친 게 틀림없지만 기가 막혀 말도 나오지 않았다.

벌써 며칠 전부터였다. 말도 안 하고 눈도 안 마주치고 물어도 대답도 않고. 도대체 이유를 몰라 답답했지만, 더 이상 말 걸기도 싫어 그냥 그러다 말겠거니 했다. 분명 내게 불만이 있다는 것일 텐데 아무리 생각해 봐도 짚이는 게 없으니 어찌해야 좋을지 몰랐다. 뭔가 말을 해야 잘못이라면 고치기라도 할 게 아니냐 해도 그저 묵묵부답일 뿐.

그렇다고 들이대고 따지거나 대들지도 못하는 내 성격도 문제를 빨리 해결하지 못하는 단점이긴 하다. 불같이 싸우고도 뒤돌아 금방 화해하는 사람들이 보면 이상하게 여기겠지만, 대체로 시간이 해결해 줄 때가 많다. 두 사람이 똑같으니 그런 시간이 길어질 수밖에 없다.

지난해에도 이맘때쯤 꼭 이런 일이 있었다. 이유는 지금 생각나지 않는데 아무튼 한동안 집안 가득 냉기가 감돌았다. 웃을 일도 없고 당연히 사는 재미도 없었다. 사람 마음이란 얼마나 요상한지, 한번 감정이 틀어지면 줄곧 좋지 않은 방향으로 치닫는다. 하는 것마다 못마땅하고 거슬렸다. 평소 그냥 지나치던 코고는 것, 옷 입는 것, 소리 내어 밥 먹는 것, 심지어 같은 공간에 있는 것조차 싫어졌다. 가족 모두 그토록 싫어하는 담배를 줄곧 물고 사는 것도 더는 견딜 수 없을 것 같았다. 이러다 곧 자신이 폭발해 버릴 것 같다는 생각이 들기까지 했으니까.

그런 어느 날이었다. 답은 전혀 예상치 못한 곳에서 왔다. 무심히 컨 텔레비전이 나를 번쩍 깨웠다. 흔히 '은혜 받았다'는 말은 바로 이런 경우를 이르는 게 아닌가 싶었다.

"다만 사랑하라!"

즉문즉답으로 유명한 어느 스님이 '행복은 어디에서 오는가?'라는 주제로 하신 말씀 중에 가슴을 확 치고 들어온 말이다. 이러저러해서 안 된다는 다른 이유 아무것도 붙이지 말고 다만 사랑하라는 것이다. 꽃을 보고 예쁘다고 말하면 꽃보다 내가 먼저 행복해지고, 못생겼다 칙칙하다 투정하면 자신부터 기분 나빠지는 것처럼, 행복해지려면 아무 조건 붙이지 말고 그냥 사랑만 하라셨다. 세상 사람 7할이 좋다 하면 그 사람은 분명 좋은 사람이란다. 어쩜 그렇게도 꼭 내게 하는 말씀 같은지 가슴이 두근거렸다.

참 신기했다. 그렇게 터질 듯하던 답답함이 어느새 봄눈 녹듯 사라지고 거짓말처럼 시원해졌다. 누구든 자기를 좋아하고 사랑하면 따라서 좋아지기 마련이듯, 그렇게 싫어하면 상대도 꼭 마찬가지일 거라는 생각을 왜 미처 못했을까.

귀한 깨달음을 얻고 그날로 바로 아무 일도 없던 것처럼 환한 얼굴로 풀었는데, 지금 또 무슨 일인지 모르겠다. 그렇다고 안 보고 살 것도 아니면서 왜 이러고 있는지. 조금 낯간지럽긴 해도 그냥 명랑하게 말 걸어주면 잠시 당황이야 하겠지만 이내 편해질 수 있을 텐데….

　개도 물어가지 않는다는 자존심 때문일까. 꼭 그런 것은 아니지만 똑같은 상황을 반복하고 있는 어리석음, 사랑하기에도 부족한 생이라는데 아까운 시간을 축내고 있는 자신이 참 못났다. 까짓것, 이번에도 내가 또 접어 주자. 누구를 위해서가 아니라 나를 위해, 내가 행복해지기 위해서 말이다.

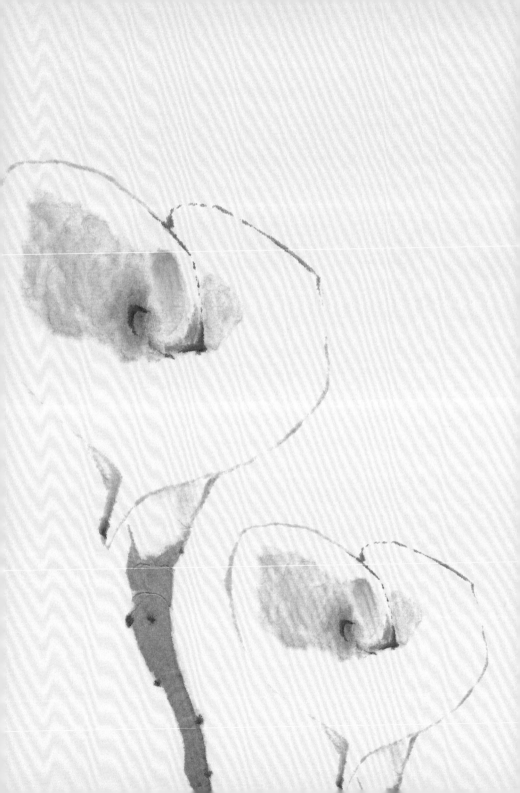

5

세 송이 꽃

막내 결혼 날짜가 잡혔다. 아직 몇 달 남은 까닭인 지 떠나보낸다는 게 그다지 실감나지 않는다. 큰 애들 때처럼 긴장되지도 않고 이상할 정도로 덤덤 하다. 몇 년 전 신혼여행에서 돌아온 큰애를 보내던 밤, 쥐고 있 던 보물을 놓친 것 같은 허전함에 울음이 터져 나왔었는데 이제 는 그런 감정마저 무디어진 모양이다.

'아들 딸 구별 말고 둘만 낳아 잘 기르자'던 시대에 셋째를 낳 았다. 맏이에게 시집와 내리 딸 둘을 낳았으니 어쩔 수 없는 일 이었다. 어른들의 강한 뜻을 거역할 수 없어 하나 더 낳기로 했 지만 실은 욕심 부리고 싶지 않았다. 용하다는 한의원을 찾아다 니고, 의사한테 매달리고, 별 비방을 동원하는 사람들이 많았지 만 나는 애당초 마음을 비웠다. 내 복대로 받자고. 하늘이 주시는 대로 따르자고.

어른들께 죄송한 일이지만 느낌으로 짐작하고 있었다. 하지만 의사에게 한번 물어보지도 않았다. 셋째가 태어나자 손자를 바라시던 부모님 상심이야 말할 수 없었다. 그러니 늘 죄인일 수밖에. 뵐 때마다 하나 더 낳으라는 당부가 빠지지 않았다. 덕담도 오직 아들 낳으라는 말씀이셨기에 한동안 세배 드리기조차 무척 부담스러웠다.

그러나 아무래도 안 될 일이었다. 빠듯한 월급쟁이 형편도 그렇지만 내 체력으로는 셋도 버거웠으니까. 하필 셋째를 낳고 '산후풍'을 얻었다. 어른들은 하나 더 낳고 잘 치료하라 밀어붙이셨다. 하지만 암만 생각해도 무리였다. 치료가 아니라 그전에 쓰러져 버릴 것 같았다. 그때 막연하지만 오기처럼 떠오르는 생각이 있었다. 앞으로 세상이 바뀔지도 모른다고. 스스로 위안이었을지 모르지만 세상은 분명 변할 것 같았다.

실제 변화의 속도는 놀랍게도 생각보다 빨랐다. 구호처럼 외치던 '여성 상위시대'라는 말이 이제 오히려 고루하게 들리는 걸 보면 내 예감이 틀리지 않았다. 절대적이던 호주제도 폐지되고 직업도 남녀 구별이 없어진 요즘은 아이들뿐 아니라 어른들 역시 '아들 엄마'보다 '딸 엄마들' 목소리가 더 높다. 시골 노인들조차 요즘은 아들 타령을 않는다고 한다. 돌고 도는 세상 중에 마침 때가 맞은 것일까. 칠거지악 따지던 때라면 꿈도 못 꿀 일인데 시대를 질 만나 되레 눌렸넌 기를 펴는지도 모르겠다.

두 살 터울 고만고만한 딸아이 셋. 꽃봉오리처럼 단정하게 머리 빗겨 나가면 시선이 집중되었지만 부끄럽지 않았다. 태생적으로 어느 구석이 부족한 사람인지 이상하게도 아들이 그리 부럽지 않았다. 맏이라는 의무만 아니라면 전혀 신경 쓸 이유가 없었다. 딸이 넷인 어느 선배는 딸 하나 달라는 여동생에게 '많기는 해도 남 줄 건 없다'고 해서 웃은 적이 있는데 꼭 그랬다.

차분하고 믿음직해서 든든한 첫째, 싹싹한 성격으로 늘 주위를 환히 밝히는 애교스런 둘째, 야무지면서도 착하디착한 순둥이 막내. 국화와 장미, 모란이 저마다 고유의 향기와 품성을 지녔듯이 어느 꽃인들 귀하고 사랑스럽지 않을까. 다만 아버님 떠나실 때 내가 쏟은 눈물의 9할은 손자를 안겨 드리지 못한 죄송함이었다. 그나마 아랫동서들이 원을 풀어 드렸으니 아쉬움 털고 가셨으리라 믿는다.

딸 셋, 어느 한 명도 어긋나지 않고 반듯하게 잘 자라주었다. 아이들에게 한창 손이 갈 때 도와주지 않는 남편이 섭섭하긴 했지만, 그래도 내놓고 아들 타령하지 않은 것은 고마웠다. 누구 탓도 아닌데 괜히 아이들 지청구라도 하면 힘들었을 텐데 숟가락마다 생선살 발라 주며 예뻐했으니, 뒤늦게 전해 들은 술자리 푸념쯤

이야 그냥 귓등으로 넘겨 주었다.

요즘 혼기를 놓친 자식들 때문에 머리 싸맨 사람들이 많은데 어느 한 녀석도 때를 놓치지 않고 든든한 짝을 찾아오니 고맙고, 아이 안 낳는다고 야단들인데 귀염둥이들 쏙쏙 안겨 걱정 안 끼 치니 예쁘다. 굳이 문제라면 부실한 내 건강이다. 때문에 자기들 이 필요할 때 제대로 도와주지 못하고 오히려 걱정을 끼쳐 미안 할 뿐이다.

그런데도 때를 따라 약이며 건강식품 꼬박꼬박 챙겨 주고, 가 렵기도 전에 세세한 것까지 알아서 척척 긁어 주는 섬세하고 착 한 딸들. 의무로가 아니라 진심으로 하는 그 마음들이 감동이다.

솔직히 열 아들 부럽지 않다. 행여 누가 아들과 바꿔 준대도 사양이다. 혹 부모님 뜻을 좇아 뒤늦게라도 기어이 아들 하나 얻 었다면, 온갖 비방을 동원해 어떻게든 막내를 아들로 낳았다면 어땠을까. 글쎄, 별로 상상하고 싶지 않지만 아무튼 지금과는 여 러 모로 형편이 다르지 않을까 싶다.

내일 일은 누구도 모른다. 그냥 때를 따라 순행하면 되지 않을 까. 아들이 노후보험이던 시대도 지났다. 잠시 스쳐가는 세상, 고운 꽃 세 송이 피운 것으로 족하다. 아들 딸 어느 쪽도 기울지 않는 소중한 존재인 만큼 있는 대로 없는 대로 서로 보완해 가며 살면 되지 않겠는가.

이제 막내도 새 둥지를 꾸려 행복하게 사는 것만 보면 숙제는 거의 끝난다. 한 발 물러나 새 가지에 움 돋는 것 여유롭게 바라보며 한껏 가벼워지리라.

세상 하고많은 사람 중에 내게 딸이란 인연으로 와 준 세 송이 꽃. 무엇과도 비교할 수 없는, 하늘이 주신 소중한 선물이다. 늘 화사한 꽃밭의 주인으로 살게 해 주는 딸들이 진정 고맙다. 이제 그 꽃밭에 튼실한 나무들도 새롭게 들어서 더 다양하고 넓어진 만큼 향기 더욱 짙어지고 행복의 웃음소리도 더한층 높아지리라.

멍에의 무게

맨몸으로 걷는다. 이 홀가분함을 어찌 표현할까. 훨훨 날아갈 듯, 짐을 벗어 버린 걸음은 자유롭기 그지없다. 어디든 갈 수 있을 것 같고, 뭐든 못할 게 없을 것 같다. 그러나 산에 오를 때는 등에 약간의 짐이 필요하다고 한다. 무게 중심을 잡아 줘 넘어지지 않게 하고, 비상시엔 보호막도 되기에 물 한 병이라도 꼭 지고 다니는 게 좋단다. 평소 발에 걸리던 나무뿌리며 걸림돌이 미끄러운 겨울 산에서는 버팀목이 되는 것처럼, 등에 진 짐이 되레 자신을 지탱하고 보호해 주기도 하는 것이다.

지난 봄, 십 년 가까이 지고 있던 짐을 벗어 버렸다. 몸 전체로 느끼는 가벼움을 마냥 즐기고 싶은데 더러는 헐거움을 느끼게 된다. 수업이나 모임에 조금이라도 늦을라치면 애태우며 동동거리던 때와는 달라진 자신을 본다. 작은 핑계라도 생기면 더러 빠지기도 하고, 일일이 신경 쓰지 않아도 크게 부담되지 않는 가벼움. 어쩔 수 없이 소홀해짐을 숨길 수 없다.

실은 등에 진 짐이 자신을 바르게 걷게 하고 성실하게 살게 한다는 사실을 뒤늦게 체험하는 셈이랄까. 크든 작든 어떤 모임에나 중심을 잡고 끌어가는 역할이 필요하기 마련인데 누구도 맡으려 하지 않는다. 자신을 내놓는 수고와 인내, 그러면서도 아무 책임 없이 하는 말들에 더러 상처 받기도 하고 스스로 부담도 느끼기에 아예 두 손을 내젓는 것이다. 명예는 좋지만 수고는 안 하고픈 사람들의 빤한 심리를 어쩌겠는가.

자신의 의지와는 전혀 상관없이 태생적으로 지워진 짐 때문에 고통스러워하던 친구가 결국은 그로 인해 지금의 건실한 자신이 존재함을 털어놓은 적이 있다. 생각해 보면 실보다 득이 많음을 깨닫는다. 또 주인의식이 있고 없음의 차이, 힘이야 들지만 깨어 있는 그런 날들이 쌓여 오늘의 자신이 되었다는 사실은 결코 부인할 수 없겠다. 지게를 지기 전엔 허리춤부터 바짝 추스르듯 그렇게 자신을 가다듬으며 사는 일은 결코 나쁘지 않으니까.

짐을 져본 사람은 안다. 그 땀의 대가로 얻는 보람과 뿌듯함을. 세상에 공짜가 없다고 했다. 멍에의 무게가 상 받을 무게라 했듯이 수고와 고통 없이 거저 얻어지는 건 아무것도 없다. 지금

껏 받은 분에 넘치는 찬사와 사랑은 비할 바 없는 기쁨이요 행복
이고 감사함이다.

누구든 가볍기만 한 생이 있을까. 짐의 무게만큼 삶의 성숙도
가 더해진다면 그리 나쁘지만은 않겠다. 더불어 살아가는 우리
삶의 여정에서 서로 조금씩 도와간다면 이해의 폭도 커지고 함
께 발전해 가리라. 그런데 어찌할까. 난 당분간 이 홀가분함을
한껏 즐기고 싶으니.

바다가 있어

사립을 나서면 멀리 바다가 보였다. 바다는 늘 가슴 설레는 푸른 유혹이었다. 흰 꼬리 길게 남기고 사라지는 비행기처럼 미지의 세계를 동경하게 했고, 어디론가 떠나라 채근하는 손짓처럼 반짝거렸다.

내가 처음 바다를 인식한 게 언제였을까. 집에서 구불구불 신작로 오리 길이지만 직선거리로는 훨씬 가깝게 보였다. 돛단배의 하얀 팽팽함, 통통배의 심장소리도 들릴 듯했다.

엄마와 언니들이 굴을 따고 조개를 캐 오고, 파래와 톳나물을 뜯어 오던 바다는 그냥 생활 속에 있었다. 읍내 장으로 가는 생선 함지가 집 앞 단풍나무 아래서 쉬어 가고, 김장철이면 소달구지 가득 김장거리를 싣고 가 씻어 오던 바다. 초등학교 때는 바닷가 송림으로 자주 소풍을 갔고, 언니들 따라 조개 캐러 가길 몇 번이던가. 뭔가 속상한 일이 있을 때는 집 뒤로 돌아가 멀리 바다를 바라보며 눈물을 삭이기도 했다. 사철 해풍과 바다 냄새로 자신의 존재를 알리는 바다는 언제나 그만큼의 거리에서 출렁이고 있었다.

한편 바다는 내게 떠남의 메타포였다. 오빠 언니들이 도시로 떠나는 길이었고, 가난을 등지고 새 삶을 찾아가는 이웃들이 고향을 떠나는 첫 걸음이기도 했다. 안개 자욱한 날이면 유난히 가슴 적시던 긴 뱃고동 소리도 먼 작별의 인사 같았다.

중고등학교 시절에는 달력을 짚어 가며 여름방학을 기다렸다. 방학이 시작되면 이내 부산행 밤배를 탔다. 막무가내로 달려드는 모기떼, 어머니를 따라 산밭에 가는 일, 차가 지날 때마다 부옇게 먼지 덮어쓰는 마루 걸레질에서 벗어나고 싶었다.

노을이 질 무렵에 떠난 배는 이튿날 동이 틀 때쯤 부산항에 닿았다. 여기저기 엎드려 멀미하는 사람들, 여객선의 기름 냄새 섞인 퀴퀴한 냄새도 도시로 떠나는 설렘으로 참을 수 있었다.

뱃전에 서서 곧잘 따라오는 달님과 얘기도 하고, 시커먼 괴물처럼 굼실거리는 밤바다를 보고 있으면 무섭다가도 다른 세상으로 가는 야릇한 느낌에 울렁거리기도 했다. 멀리 반짝이는 외로운 불빛과 등대를 스치면 누군가 나처럼 깨어 있을 것 같아 눈은 더 초롱초롱해졌다.

바다 냄새 어지러운 부산항의 아침이 밝았다. 생각보다 칙칙하지만 재첩국 아줌마의 낭랑한 목청, 두부장수의 종소리로 도시의 아침이 열렸다. 쫄깃한 냉면, 골목을 누비던 지게꾼 장사의 망개떡, 색 고운 천도복숭아도 그때 처음 만났다. 원색의 인파 넘치는 송도, 광안리, 해운대는 벌거숭이들이 첨벙거리는 고향 바다와 달랐다. 삶의 비린내 나는 시퍼런 바다도 아니고 환호성 화려하게 여름을 즐기는 공간이었다.

조카들과 어울리는 사이 한 달은 금방 지나갔다. 돌아올 때는 언제나 아침 배를 탔다. 여객선이 해종일 눈부신 바다를 헤치고 뽀얀 물결을 일으키며 거침없이 달리면 아예 뱃전에 나와 시간을 보냈다. 먼 경치와 곳곳의 다른 물빛에 눈을 팔기도 하고, 여객선 물살에 심하게 흔들리면서도 활짝 웃으며 크게 손 흔들어 주는 통통배 어부들의 검은 얼굴이 멀어지는 모습을 오래 지켜보기도 했다. 작은 섬들을 지날 때면 잠시 무인도의 주인이 되어 보기도 하고, 바다의 가슴을 가르며 달리는 동안은 멋대로 꿈꿀 수 있어 한없이 가슴 부풀기도 했다.

몇 번인가 또래 남학생을 만났다. 교복이 곧 외출복이던 때였으니 승선하면서부터 금방 서로를 의식했다. 하지만 애써 피하다가 오후쯤 드디어 말문을 트곤 했다. 머리카락 날리며 먼산바라기로 뱃전에 서 있으면 슬며시 다가와 말을 붙였다. 부끄럼

많던 나는 눈도 제대로 맞추지 못했지만 학교 이야기, 친구 이야기, 책 이야기…. 뱃전에 나란히 서서 멀리 눈길 던지고 얘기할 수 있어서 그나마 다행이었다. 알 듯 모를 듯 풋풋한 설렘이 여객선 후미의 흰 물결처럼 피어났던 것 같다. 아무튼 긴 하루 뱃길이 무료하지 않았다.

멀리 남해대교 빨간 교각이 보이면 우리 얘기는 끝을 맺었다. 글쎄, 다시 연락한 기억이 없는 걸 보면 그다지 마음에 드는 사람이 없었던가.

늦은 오후의 열기에 바짝 달아오른 노량부두에 내리면서 남학생과의 금지된 만남도 끝나고 여름방학도 종지부를 찍었다. 찰랑이는 바다는 여전히 저만치서 갈매기 더불어 손짓하고 있는데….

생명의 땅을 바람처럼 스치며

강물도 밤이면 이불을 덮고 잠드는가. 이른 새벽 창을 여니 강은 아직도 하얀 안개 이불에 그대로 푹 묻혀 있다. 햇솜보다 더 포근한 이불이라 떨쳐내기 쉽지 않은가 보다. 간밤에 낯선 자리에서도 그렇게 깊이 잠들 수 있었던 것은 바로 발아래 섬진강의 고른 숨소리가 자장가로 함께했던 까닭인지도 모르겠다.

약간 서늘한 공기를 느끼면서 강이 깨어나는 모습을 가만히 지켜보기로 한다. 수줍음 많은 소녀처럼 천천히 아주 조금씩, 강은 보드라운 이불을 걷어올린다. 강 건너 광양 쪽의 산허리엔 자우룩한 안개구름이 신선도의 한 장면인 듯 꿈결처럼 날아오르고, 모처럼 아침 강의 맨얼굴을 만나는 신선함에 사뭇 설레는데, 실은 나보다 더 부지런한 발길이 있다. 서서히 물빛 드러나는 강에는 어느새 황새 몇 마리가 아침 사냥을 나와 그림인 듯 안개 속에 잠겨 있는 것이다. 어제 오후 펄쩍펄쩍 물 위로 높이 뛰어오르던 하얀 물고기들은 아직 기척도 없는데, 황새 가족은 긴 목을 빼고 물빛이 투명해지길 참을성 있게 기다리나 보다.

지난밤 평사리 최참판댁 마당에서 열렸던 '토지문학제'는 음악과 문학이 향기롭게 어우러져 별빛 내리는 가을밤의 흥취가 또 다른 추억으로 심어졌다.

장터거리에서 재첩국으로 아침밥을 먹고 다시 최참판댁을 찾았다. 문학제 행사로 북적이던 어제는 미처 돌아보지 못했던 《토지》의 무대를 찬찬히 둘러보고 싶었다. 눈 아래로 아침햇살 퍼지는 촉촉한 황금빛 들판이 그득하게 안겨온다. 여고시절 친구 따라 꼭 한 번 와봤던 이곳을 대하소설 《토지》의 배경으로 살려 낸 작가는 여기 악양을 이상향이라 했다던가.

저 앞쪽 섬진강 방향만 빼고는 빙 둘러 산으로 싸인 평평하고 너른 들판은 소설의 주인공 서희가 혼신을 다해 지키고자 했던 바로 그 생명의 땅이다. 참으로 아늑한 느낌, 풍요로움이란 단어가 저절로 떠오른다. 보기만 해도 그냥 푸근하고 넉넉해지는 평온함. 들판 가운데 오직 두 그루 신랑각시로 서 있는 소나무의 모습도 평화로움을 그대로 말하고 있는데, 울긋불긋 갖가지 허수아비들의 긴 행렬도 한바탕 가을잔치의 당당한 주인공이다.

가을의 정점에 찾은 평사리 골목길에는 집집마다 주렁주렁 대봉감이 볼 붉은 인사를 하고, 맑은 햇살 아래 평사리 사람들의 순박한 꿈도 또랑한 알밤처럼 익어 가고 있다. 주인공 서희, 길상뿐 아니라 낮은 초가집 담장 너머로 임이네, 용이아재 등 흰옷 입은 그들이 금방 나타날 것만 같아 사립문을 기웃거려도 본다.

언덕배기 동네 맨 위쪽에 작가도 놀랐을 만큼 훌륭하게 재현해 놓은 참판댁부터 평사리는 그대로 소설 속을 살고 있다. 무수하게 찾는 방문객들 역시 소설을 다시 눈으로 더듬으며 감회에 젖으려는 것 아닐까. 소작인들의 퇴색된 잿빛 지붕들이 곧 추수가 끝나고 새 이엉으로 환하게 단장하면, 가슴 아프고 어두운 사연들은 기억 저편으로 묻어 두고 새 둥지같이 평화롭고 따사로운 평사리의 가을도 깊어지겠다.

이번 나들이에는 하동이 고향인 작가 몇 분이 함께했기에 자세한 안내를 받을 수 있었다. '물길과 꽃길의 고장' 이라는 하동은 내겐 이미 친숙한 곳이다. 대진고속도로가 개통되기 전에는 고향을 오갈 때 으레 이 길을 지났으니까. 굳이 이쪽 길을 택했던 것은 순전히 섬진강을 만나는 즐거움 때문이었다. 대전, 전주, 남원을 거쳐 구례를 지나면 고운 모래 눈부신 백사장과 조용히 반짝이는 푸른 물빛을 만날 기대로 늘 설레었다.

어느 해던가. 고향으로 휴가 가는 길에 쌍계사 계곡의 시원하게 흐르는 물에 반해 밤이 이슥토록 놀다가 묵어 가기도 했다. 커다란 바위들이 널린 넓은 화개천을 가득 채우고 흐르던 그 맑은 물. 오늘도 자못 기대를 했는데, 오랜 가을 가뭄으로 꼭 연로한 어머니의 말라붙은 젖가슴 같아 민망하고 짠했다. 산수유, 매화, 하얀 배꽃이 구름처럼 떠 있던 섬진강변에 지금은 먹음직스런 배가 한창이다. 오랜 연륜을 자랑하는 송림 향내 속을 거닐어도 보고, 바람에 몸을 맡긴 대나무의 수런거림도 들으며 가을날 섬진강변의 여유로움을 즐겼다.

멀리 하동까지 온 김에 새로 개통한 창선-삼천포 대교를 보지 않을 수 없다는 말에 반가운 한편 은근히 걱정도 되었다. 진작 알았더라면 내 고향 '보물섬 남해'를 소개할 준비라도 했을 텐데 말이다. 예정 없이 고향 안내를 맡고 보니 두서도 없고 정작 자랑하고 소개하고픈 것들을 제대로 못한 것 같아 아쉬움이 크다. 더러 '남해 사람들 지독하다'는 것에 대해 근면함의 다른 표현이라고 더 자세히 설명할 수도 있었는데….

사람은 누구나 어쩔 수 없이 환경의 영향을 받게 마련 아닌가. 섬이라는 척박하고 특수한 여건에서 살아내기 위해서는 부지런할 수밖에 달리 방법이 없었다. 서울에서 내려오며 쭉 보아 온 황금들판이 남해대교를 건너자마자 싹 달라졌다. 벌써 추수를 끝내고 이모작으로 마늘을 심느라 한창인 모습이 부지런함을

생명의 땅을 바람처럼 스치며   195

대변하고 있었다. 뿐만 아니다. 100층이 넘는 '다랑논' 역시도 남해 사람들의 억척스러움을 그대로 보여 주고 있다. 해안가 가파른 언덕을 층층이 계단식 논으로 만들어 아직도 손으로 농사를 짓는 모습 말이다.

잠시 삿갓배미 얘기를 곁들일까 보다. 모내기를 끝낸 농부가 저물녘 집으로 가기 전에 논을 헤아려 보는데 아무리 세어도 하나가 부족했다. 몇 번을 되풀이하다가 결국 포기하고 그냥 가려고 벗어 둔 삿갓을 집어 드니 그 밑에 다랑논 하나가 숨어 있었단다. 산자락이나 길가 어디 손바닥만 한 자투리땅도 허투루 버려두지 않는 근면성은 비할 바가 없는데, 요즘에는 일손이 부족해 묵히는 농지가 늘었다고 한다. '살아서는 땅에 엎드려 일하고, 죽어서는 땅에 묻혀 거름이 되고, 그 땀과 거름으로 땅은 곡식을 주고….' 농부들에게는 그야말로 땅은 곧 생명인데 안타까운 한숨들이 요즘 농촌의 현실이기도 하다.

평사리 토지문학제 나들이가 어쩌다 내게 고향을 소개하는 기회가 되었다. 잠시 점만 찍고 스쳐가는 일정의 아쉬움에 이것저것 생각나는 대로 안내하긴 했지만, 다른 누구도 아닌 글밭을 일구는 사람들과 함께했기에 더욱 뜻 깊고 가슴 벅찬 행복한 가을 나들이였다.

길을 내는 말

한번 가 보자. 이제 막 두 돌 지난 손자 녀석이 곧잘 하는 말이다. 작은 기척에도 눈빛을 반짝이며 손을 당긴다. '한번'이란 말의 의미를 제대로 알고나 하는 것인지 모르지만 귀여운 모습에 그저 웃음이 난다.

한번 드셔 보세요. 식품 코너에 가면 흔히 듣는 말이다. 갖가지 음식들이 냄새며 맛으로 유혹한다. 어느 가난한 부부는 임신한 아내를 위해 휴일이면 마트 식품매장을 돌며 한 끼를 해결했다 할 정도로 시식거리가 널렸다. 그러나 나는 미끼를 잘 물지 않는 편이다. 영업하는 쪽에서 보면 좋은 고객이 못 된다. 일단 시식했다 하면 좀체 빈손으로 돌아서지 못하는 내 깜냥으로는 꼭 필요한 경우가 아니고는 아예 지나친다.

예전에 엿장수들도 한바탕 엿가락 장단으로 아이들을 모아놓고 일단 '맛뵈기'부터 돌렸다. 손가락 한 마디만 한 보얀 엿 도막, 그 달콤함에 홀려 어른들 몰래 마루 밑을 뒤지고, 고물 아닌 고물도 끌고 나와 야단맞는 아이들도 있었다. 한번 맛보이기, 호기심을 부추기는 원초적인 상술인 감칠나는 미끼는 언제나 달콤할 수밖에 없다.

한번 입어 보세요. 쇼핑을 나가면 으레 듣는 말이다. 전혀 취향이 아닌데도 강권에 못 이겨 입고 보면 의외로 괜찮을 때가 없지 않다. 보는 것과 입어 보는 것은 다르다는 점원의 상투적인 말이 갑자기 진리처럼 느껴지는 순간이다. 집에서도 깃이 있는 셔츠나 폴라 티셔츠를 고집하던 내가 어쩌다 한번 라운드 셔츠를 입어 보고 그 시원함에 마음을 바꾸었듯이 고정관념을 버리라는 딸아이의 말에도 토를 달지 못했다. 물론 그 반대의 경우도 있기에 한번 입어 보라는 권유를 굳이 뿌리칠 필요는 없을 것 같다. 선택의 폭을 넓혀 나쁠 것은 없으니까.

그렇게 몇 번 입고 벗고 하다 보면 미안해서라도 빈손으로 나가지 못한다는 것쯤 진즉 계산에 넣은 점원은 이것저것 계속 들이대고. 집에 와서 후회할 때가 없지 않지만 이상하게 매번 그 장단에 넘어가니 무슨 일인지 모르겠다. 입어 보는 만큼 내 것처럼 친숙해지는 것일까.

한번 해 보세요. 기회가 생겼을 때 시도해 보라는 한번이라는 말. 해 보고는 싶지만 해 보지 않았기에 선뜻 하지 못하는 일들이 얼마나 많던가. 요리, 운전, 무대에 서기 등 한 번의 경험이 얼마나 강한 자신감과 힘으로 작용하는지는 새삼 말할 필요도 없다. 경험자와 무경험자의 차이는 지식인과 문맹자쯤에 견줄까. 경험이 강한 용기를 낳는다.

선행이나 봉사, 장학금 기탁 등도 처음 마음 내기가 어렵지 한 번 해 본 사람은 맛을 알기에 상황이 바뀌더라도 계속하게 되는 것이다. 뿐만 아니다. 게임이나 도박, 성형 중독 같은 것도 호기심으로 한번 했다가 모르는 사이에 마약처럼 빠져든다. 요즘 흔해빠진 '사랑한다'는 말 역시 한 번도 해 보지 못한 사람은 그 한마디 떼기가 언 찰떡 먹기만큼이나 쉽지 않다. 고기도 먹어 본 사람이 잘 먹는다더니 사랑도 연습이 필요한 것이다.

'한번'이란 말, 가벼워 보이지만 결코 가벼운 말이 아니다. 은근히 저력을 지녔다. 언제 얼굴 한번 보자, 밥 한번 먹자. 우리가 흔히 날리는 말도 조심해야 할 것 같다. 실없이 공수표를 남발하다 보면 어느 사이 신용불량자로 낙인찍힐지도 모르니까. 일단 한번 해 보시라니까요. 한때 코미디 프로에서 유행했던 말이다. 그 한번이 어떤 한번이냐에 따라 삶의 질이 달라질 수도 있겠다.

세상 어떤 일도 처음 그 한번 없이 되는 게 있던가. 한번만 만나보라는 권유를 거절 못해 나갔다가 뜻하지 않게 발목이 묶였

듯이, 한번이 발전해 생을 찬란히 꽃피우기도 하고 그 반대의 결과를 가져오기도 한다.

크든 작든 성공한 사람들 누구나 한번 해 보자고 다짐한 시작이 있었다. 그러고 보면 '한번'이란 말은 길을 내는 말이다. 작은 빗방울이 모여 개울로 강으로 길을 내듯이. 무슨 일이든 한 번이 열 번 스무 번 백 번, 그렇게 쌓이다 보면 보면 어느 사이 한 생의 빛나는 탑이 되기도 한다.

꼬맹이 녀석은 요즘 부쩍 자주 손을 잡아끈다. 동생을 시샘하느라 어린이집에 안 가겠다고 버티던 녀석, 갔다 오면 놀이터에 가자고 구슬렸던 무심한 내 한마디가 길이 될 줄이야. 한번 맛을 들이고는 어린이집 차에서 내리자마자 잊지 않고 놀이터로 내달린다. 내 말에 내가 매여 며느리 내놓는다는 봄볕 아래 날마다 맴을 돈다.

늘어진 일상을 깨울 뭐 신선한 게 없을까. 가만, 해 보고 싶은 게 뭐였더라. 더 늦기 전에 즐겁게 빠져들 수 있는 뭔가를 찾아 새롭게 한번 시작해 볼까. 지금부터라도 매달리면 삶이 좀 달라질지 누가 알리.

피천득의 〈봄〉을 읽고

'아, 봄이 오고 있다. 순간마다 가까워 오는 봄.'

봄을 맞는 기대와 설렘을 이보다 더 간결하고 압축적으로 표현할 수 있을까. 마지막 문장이 진하게 여운을 남긴다. 수필 〈봄〉은 평생을 천진한 아이처럼 사신 금아 선생님(1910~2007)이 고목에도 꽃을 피우고 녹슨 심장에도 피가 용솟음치게 하는 봄을 인생의 축복이라 노래한 작품이다.

선생님은 유난히 봄을 좋아하셨다. 〈봄〉뿐만 아니라 〈新春〉〈무春〉〈오월〉〈장미〉〈종달새〉 등 봄을 소재로 한 작품이 특히 많은 걸 봐도 짐작할 수 있다.

내게 기다려지는 것이 있다면 계절이 바뀌는 것이요, 희망이 있다면 봄을 다시 보는 것이다. 내게 효과가 있는 다만 하나의 강장제는 따스한 햇볕이요, 토닉이 되는 것은 흙냄새다.

〈早春〉 중에서

　봄을 얼마나 간절히 기다리며 사시는지 알 수 있는 대목이다. 무겁고 둔한 옷을 벗어 버리고 주름살 잡힌 얼굴로 따스한 햇볕 속에 미소 지으며 하늘을 올려다보시는 모습, 아무런 욕심 없는 해맑간 얼굴이 그려진다. 선생님에게는 잃어버린 젊음을 다시 느낄 수 있는 희망과 기쁨의 계절이기에 '사월은 가장 잔인한 달' 이라 읊은 시인을 사치스럽다 했다.

　지난 것은 언제나 아쉽고 그리운 법. 봄은 곧 젊음이요, 젊음은 한결같이 아름답다는 말은 이미 빛이 바래 버린 먼 뒤안길에서 부르는 연가 같아 안타까움도 없지 않다. 늙으면 플라톤도 허수아비가 되고 아무리 높은 지혜도 젊음만은 못하다는 비유 앞에서 번쩍 정신이 들었다. 헤어졌던 애인을 만나는 것보다 젊음의 봄을 만나는 것이 더 기쁘다는 말이 더없이 실감나게 들렸으니까. 뚱뚱해졌거나 말라 바스러졌거나, 낡은 털자켓같이 축 늘어졌거나 얼굴이 시뻘게지고 눈빛이 혼탁해진, 옛 애인의 너무도 사실적인 묘사에 웃음이 번지다 멈칫했다. 인생 여정에서 누구도 비켜 갈 수 없는 모습에 새삼 푸른 날들의 가치를 헤아려 보게 된 것이다.

'인생은 사십부터'란 말을 '인생은 사십까지'로 받아들이셨다. 짧은 인생, 그러나 갖가지 고운 꽃들이 연달아 피는 봄을 사십 번이나 누린다는 것은 적은 행복이 아니라 자위하셨다. 더구나 사십이 넘은 사람에게도 봄이 온다는 것은 참으로 다행한 일이라니, 지금으로서는 거리가 느껴지는 대목이기는 하다. 말은 시대의 반영, '인생은 육십부터'란 말조차 어느 사이 슬며시 사라지고 '칠십도 청년'이란 말이 더 귀에 익은 요즘이니까. 선생님의 표현대로라면 수많은 봄을 누릴 수 있는 우리는 행복한 사람들이다. 한 세기 가까운 세월, '사십'을 지난 긴 '여생' 동안 봄을 누리신 선생님도 참으로 다복하신 분임에 틀림없다.

끝까지 맑고 순한 자세로 겸손하고 거짓이 없으셨던 분. '내가 할 말은 다 썼고, 한계도 여기까지다. 더 나은 글을 쓸 수 없다'며 일찍이 절필하신 일화는 겸손함 너머 자신에 대한 엄격함을 느끼게 한다. 정말로 잘된 글이어야 보는 사람이 기쁘고 쓴 사람도 마음의 평화를 얻을 수 있다는 선생님 말씀에서 그 철저함을 읽을 수 있다.

어느 평론가는 아무런 장치 없이 참으로 쉽게 쓰신 것 같은 선생님의 작품들 밑바닥엔 지극히 치밀한 구성이 깔려 있다고 했다. 어쩌면 눈에 보이지 않는 그 섬세한 조직들로 인해 그토록 우아하고 결 고운 무늬들을 짜내지 않았을까. 누구라도 어렵지 않게 읽을 수 있고, 읽고 나면 마음이 깨끗해지는 순수한 향기의 여운은 아무니 흉내 낼 수 없는 산호와 신주의 가치라 하겠다.

글은 곧 그 사람이라 했듯이, 일상 속의 정감어린 소재를 섬세하고 다감한 문체로 간결하게 쓴 작품들은 진실하게 사신 선생님의 인격과 체취가 그대로 묻어나기에 늘 감동을 준다.

선생님께서는 인생은 작은 인연들로 아름답다고 했는데, 나와 선생님과는 꼭 전화 한 통의 인연이 있다. 선생님께서 떠나시기 바로 일 년 전인 2006년 이른 봄이었다. 무심코 수화기를 드니 "나 피 선생이오." 작은 목소리를 얼른 알아듣지 못해 어물거리는 사이 "나 서울대 피 선생이오." 반복하시는 게 아닌가. 화들짝 놀랐다. 아이처럼 맑은 목소리. 분명 금아 선생님이셨다. 한동안 멍해져서 아무 생각도 나지 않았다. 지난해 연말 변변찮은 수필집을 내고 보내 드렸던 기억이 떠올랐다. 연로하신 선생님께서 보시기야 하랴만 그래도 왠지 보내고 싶어 용기를 냈었다. 그런데 이렇게 손수 전화를 주시다니! 전혀 기대도 못했던 터라 그 울림을 어떻게 표현해야 할지 모르겠다. 어쩌면 《숨어 피는 꽃》이란 제목에 눈길이 끌리셨던 게 아닐까 짐작만 해 볼 뿐이다.

그런데 정작 더 놀라운 것은 그 다음이었다. 서울에 오면 한번 만나자는 게 아닌가. 뭉클해지는 가슴, 수필문단의 첫 손가락에 꼽는 큰어른의 제의에 황송함보다 웃음이 앞섰다. 그야말로 나이는 숫자에 불과할 뿐, 동심으로 사는 소박한 분이심을 새삼 느꼈다. 그러나 끝내 찾아뵙지는 않았다. 약력의 출생지 '경남 남해'를 보고 그러신 것 같은데, 실은 선생님 댁과 바로 이웃 동네다. 연로하신 선생님께 행여 폐가 될까 봐 주변의 권유에도 마음을 내지 않았다. 전혀 이름도 없는 내게 전화 주신 것만으로도 대단한 기쁨이고 영광이었으니까. 선생님의 다정한 목소리, 그 정만 오롯이 기억해 두고 싶다.

신록이 한창 눈부신 오월이다. 신록을 바라다보면 살아 있는 것이 즐겁다던 선생님의 '밝고 맑고 순결한' 오월의 끝자락에 와 있다. '내 나이를 세어 무엇하리. 나는 지금 오월 속에 있다.' 그토록 행복해하던 오월 속에 오셨다가 장미향 짙은 오월 속에 떠나신 영원한 봄 사람. 하나의 신앙이기도 했던 봄의 싱그러운 품속에 언제까지나 곱게 머무실 것이다.

선생님을 그리는 지금 봄이 깊어 가고 있다. 오월이 다 가기 전에 선생님의 서재가 재현되어 있다는 롯데월드 민속박물관에 가봐야겠다. 선생님의 오랜 친구 '난영이'도 만나보고 선생님의 정갈한 삶의 향기도 다시 느껴보고 싶다.

흔들리는 아픔

긴 겨울방학이 안타까움 속에서 그대로 끝나 버렸다. 밤바람 소리를 친구 삼아 아무런 걸림도 없이 생각의 실타래를 마음껏 풀고 싶어 내심 기다렸는데, 쓰기는 고사하고 읽는 것마저 제대로 할 수 없었다. 마음은 훤한데 몸이 전혀 따라주지 않는 답답함을 어찌 다 이를까. 아까운 시간을 손아귀의 물처럼 고스란히 흘려보내며 몸도 마음도 무척 힘든 겨울을 보냈다.

신체의 중심이자 절대적 지지축인 허리에 문제가 생겼으니 무슨 말이 더 필요할까. 생존에 기본적인 먹고 입는 동작은 물론 돌아눕는 것마저 자유롭지 못하니 보통 난감한 일이 아니었다. 순간적으로 삐끗했던 것이 이토록 심각해질 줄을 어찌 짐작이나 했을까. 세면대 앞에서 허리는커녕 고개도 숙이지 못하고 장작개

비처럼 뻣뻣하게 버틴 채 한 손에 물을 묻혀 겨우 얼굴을 닦고, 볼일을 보고 옷 입는 것 역시 한 손으로 벽을 잡고 한참 낑낑거려야 한다는 걸 겪어 보지 않고 어찌 이해할 수 있을까.

환부를 보호하기 위해 연결된 모든 근육들이 일제히 돌덩이처럼 굳은 것이라고 한다. 책상 앞에 앉지 말라는 의사의 말이 아니더라도 고개도 못 돌릴 정도로 정말 꼼짝할 수가 없다. 인체야말로 자연이 만든 가장 완벽한 디자인이라더니 그 시스템 역시 놀랍다. 눈꺼풀이 자동으로 깜빡이고 무의식중에 숨을 쉬는 것처럼 너무 당연하게 여겼던 신체조직 자동시스템이 새로운 발견인 듯 새삼스레 신기했다.

내 몸이지만 전혀 내 맘대로 할 수 없는 실제상황 앞에서 비로소 어려움을 겪는 사람들의 고통을 헤아려 보게 되었다. 의지만으로는 어쩔 수 없는 상황의 불편함을 진정 가슴으로 느껴 본 적이 없었음을 요즘에야 깨닫는다. 며칠 전 방문한 '살아 있는 비너스'*라 불리는 '앨리슨 래퍼' 역시 결코 예사로 보이지 않았다. 정말 특별한 감동이었다.

* 영국의 구족화가 겸 사진작가. 양팔이 없고 다리도 짧은 기형으로 태어나 6주 만에 버림받아 보호시설에서 자람. 17세에 미술 공부를 시작해 학사학위를 받고 결혼했지만 남편의 폭력으로 이혼. 혼자 아이를 낳아 키움.

제각기 바쁜 아이들 손에 한동안 맡겨진 살림, 차라리 보지 않으려 하지만 자꾸 신경 쓰여 편치 않았다. 하지만 그건 아무 것도 아니었다. 친정어머니 첫 기일에 가지 못하는 것까지는 아픈 대로 혼자 감수하면 그만인데, 며칠 후 있는 시댁 제사 앞에서는 심각해지지 않을 수 없었다. 연로하신 어머님께 염려를 끼쳐야 하고, 당장 내 자리를 대신해야 하는 일에 집안 전체로 불편해지는 공기를 어떻게 감당해야 할지 난감했다.

　얼굴도 모르는 시댁의 어느 어른 제사가 정작 어머니 첫 기일의 불참보다 더 힘들어야 한다는 사실이 참 얄궂었다. 하지만 아무리 애를 태운들 한 치도 나아질 수 없음에 무슨 소용일까. 한계상황에서는 차라리 될 대로 되라고 놓아 버리니 오히려 가벼워진다는 사실이 새로웠다. 그제야 숨을 돌렸다.

　펴지지 않는 허리를 억지로 상체만 반쯤 들어올리고 어기적거리며 걷는 시골 할머니들의 모습이 떠올랐다. 단 한 번도 자신의 일이라고 생각해 본 적 없는데 지금 거울 속의 내 모습이 꼭 그렇다. 밤새 끙끙 앓다가도 새벽이면 어김없이 일어나시던 어머니가 요즘 부쩍 생각난다. 인간은 고통이나 질병을 겪으면서 남을 이해하는 폭이 넓어진다는 말을 가슴으로 느낀다. 비할 수 없는 고통을 겪는 사람들에게 다가가 손잡아 주고 싶어지는 순수하고 넉넉한 마음이 된다.

언제나 내 손을 떠나고서야 미련으로 아쉬워하는 게 사람이라더니, 건강의 소중함 역시 이렇게 아픈 체험으로 새삼스레 깨닫는다. 질병의 고통 그 자체보다 사람 노릇도 아무것도 할 수 없다는 사실이 더 난감해 며칠 마음고생을 했다. 이 씁쓸함, 살아가면서 어쩔 수 없이 더러 맛봐야 하는 것인지도 모르겠다.

황당한 종주먹

연일 떠들썩한 보도에 눈길이 갔다.

유커 4,500명, 닭 3,000마리 치맥 파티. 기록을 세웠다는 단체 관광객 숫자 때문이 아니다. 바로 일주일 전 중국 여행에서 겪은 일이 생각나서였다. 식당이나 관광지 어디든 사람이 모이는 곳이면 귀가 먹먹하게 시끄럽던 중국말 소리와 함께 어떤 사건이 생생하게 떠오른 까닭이다. 어쩌면 치맥 파티가 열리는 월미도 앞바다도 그들의 소음에 놀라 저만치 물러나지 않았을까.

계수나무 한 나무 토끼 한 마리, 동요 속 달나라에도 산다는 계수나무가 많은 곳 계림. 삼월도 하순이라 남쪽의 따스한 봄을 기대했는데 예상이 빗나갔다. 연일 비가 내렸다. 일 년 365일 중 360일 비가 내린다던가. 그나마 주로 밤과 새벽에 쏟아지고 낮에는 이슬비 정도라 다행이었다. 평지에 뿔처럼 불쑥불쑥 솟은 수많은 산, 사진으로 만나던 몽환적인 풍경 속으로 들어가 며칠 색다른 풍광을 즐겼다. 순전히 관광객 덕분으로 사는 곳이라니 그런 천혜의 자원들이 부러웠다.

엘리베이터를 타고 지하로 내려가 모노레일에 보트까지 타면서 관암 동굴을 구경하고 나오니 역시 이슬비가 내리고 있었다. 전동차로 산을 내려가야 하는데 돌아오는 몇 대를 빼고는 모두 멈춰 있었다. 우리 일행 열여덟 명은 우산을 쓴 채 기다리고 서 있는데 한참을 기다려도 운전기사가 나오지 않았다. 일행 중 누군가 말했다. 오면서 보니 기사들이 점심 먹은 자리에서 마작을 하고 있더라고. 기가 막혔지만 '우리는 지금 중국에 와 있다' 며 웃고 말았다.

얼마 후, 우리 세 배쯤 되는 중국인 일행이 떠들썩하게 동굴에서 몰려 나오더니 앞뒤 가릴 것도 없이 전동차 몇 대에 잽싸게 올라탔다. 꼭 빵조각에 달려드는 바퀴벌레들처럼. 대기하고 있는 우리는 안중에도 없었다. 중국인들 '만만디'라는 말은 마작하고 있는 기사들에게나 해당될까. 눈앞에서 전혀 다른 모습을 보고 우리는 말을 잃었다. 그냥 멍하니 보고 있을 수밖에.

전동차를 접수한 채 코앞에서 붕붕 떠들어대는 소리에 머리가 지끈거렸다. 관리인이 나와 뭐라 말하는데 그 말이 채 끝나기도 전에 단 한 사람도 빠지지 않고 제각기 소리를 질러댔다. 얼굴이 검붉은 관리인이 큰 눈을 부라리며 몇 번 목청을 높였지만 그들은 오히려 마구 삿대질까지 하며 악다구니를 해댔다. 무슨 말인지 알아들을 수는 없지만 하나같이 엉덩이까지 들썩거리며 떼로 달려드는 모습은 꼭 말벌 집을 잘못 건드린 것처럼 서늘했다. 우중충 허름한 차림의 사람들이 무더기로 소리치며 덤비는 모습은 사생결단, 영락없는 까치 떼였다. 우리 일행 중 한 사람은 동영상으로 찍고 싶어 손이 근질거리는데 행여 불길이 엉뚱하게 덮칠까 봐 엄두가 안 난다고 했다.

점심이 예약되어 있었지만 우리는 불구경하듯 그저 숨을 죽이고 지켜볼 수밖에 없었다. 실랑이를 얼마나 했을까. 결국 그들이 전동차에서 내렸다. 어쩔 수 없이 내리면서도 그들은 거친 악다구니를 그치지 않았다. 가이드는 관리인과 운전기사가 외국인들 보기에 창피해한다고 전했다.

그러나 거기서 끝난 게 아니었다. 문제는 그 다음이었다. 마지못해 내리기는 했지만 차례를 기다리는 게 아니라 아예 환불해서 걸어가겠다는 것이었다. 그야 우리와 상관없는 일이라 한숨 돌렸다. 하지만 싸움개처럼 핏발을 세우고 날뛰던 그들이 이내 순한 양이 될 수는 없을 터였다. 떼를 지어 길을 메운 채 일부러 느릿느릿 한사코 비켜 주지 않았다. 전동차가 그들 뒤꿈치를 따라 기어갈 수밖에 없었다. 그들은 걸어가면서도 씩씩대며 여기저기서 불쑥불쑥 기사에게 종주먹을 들이댔다. 외국인 관광객들이 불안을 느끼든 말든 전혀 알 바 아니라는 듯, 끝끝내 억지를 부렸다. 참 어처구니없는 광경이었다. 그런 무지막지한 생떼는 처음 보았다.

"우리도 예전에 저랬을까?"

답답한 거북이걸음 전동차에서 누군가 말했다. 나는 단연코 고개를 저었다. 아무리 어렵게 살았을망정 저런 막무가내 염치없는 짓거리를 하지는 않았을 거라고 말이다. 그리고 보니 언뜻 생각나는 게 있었다.

교복을 입고 자갈길 시오 리를 통학하던 때였다. 평소에는 걸어 다녔지만 비바람 칠 때는 어쩔 수 없이 버스를 이용했다. 그런데 아침에 운행하는 버스는 단 한 대뿐. 멀리서부터 학생과 장꾼들을 실은 버스는 이미 포화상태였다. 그러니 차가 정차해도 차에 오르는 게 문제였다. 몰아치는 빗속에서 한꺼번에 엉겨붙으니 병목처럼 문만 미어터질 듯, 누구도 쉽게 오르지 못했다. 줄을 서면 쉬울 것을 다들 마음만 조급했던 것이다.

그 치열한 대열에 낄 엄두가 나지 않아 늘 꽁무니로 빠지곤 했지만, 때로 말끔히 다려 입은 교복이 후줄근한 시래기가 되고 단추가 떨어지기도 했다. 흰 운동화가 엉망이 될 때도 있었지만 그런 시절에도 우리는 그렇게 생억지 막무가내는 아니었다.

중국이 대국이라 으스대지만 아식도 멀었다. 우리나라는 덩치는 작지만 이제 전 세계에 당당하게 한류문화를 떨치고 있으니, 문화력으로 평가한다면 기죽을 것도 없지 싶다. 천혜의 자원에 부럽던 마음이 그 일로 조금 감해졌다 할까.

요즘 대규모 중국 단체 관광객이 밀려온다는 소식이 반가운 한편, 그 시끄러운 소리들이 얼마나 귀를 따갑게 할지 염려스럽기도 하다. 고궁이며 명동거리며 제주도에 쓰나미처럼 흘러넘치는 중국말, 하지만 이미 세계화 시대인 만큼 그 물결에 적응하는 수밖에 달리 어쩌겠는가 싶긴 하다.

분홍 꽃이불

펴낸날   초판 1쇄 2017년 9월 15일

지은이   김미옥
펴낸이   서용순
펴낸곳   이지출판

출판등록 1997년 9월 10일 제300-2005-156호
주 소   03131 서울시 종로구 율곡로6길 36 월드오피스텔 903호
대표전화 02-743-7661 팩스 02-743-7621
이메일   easy7661@naver.com
디자인   박성현
인 쇄   (주)꽃피는청춘

값 13,000원

ISBN 979-11-5555-074-8 03810

이 도서의 국립중앙도서관 출판예정도서목록(CIP)은 서지정보유통지원시스템 홈페이지
(http://seoji.nl.go.kr)와 국가자료공동목록시스템(http://www.nl.go.kr/kolisnet)에서 이용하실
수 있습니다.(CIP제어번호: CIP2017022958)

분홍 꽃이불